Hanns Dieter Hüsch

Es kommt immer was dazwischen

HANNS DIETER HÜSCH

Es kommt immer was dazwischen

KARL BLESSING VERLAG

Umwelthinweis:
Dieses Buch und der Schutzumschlag wurden auf chlorfrei gebleichtem Papier gedruckt.
Die Einschrumpffolie (zum Schutz vor Verschmutzung) ist aus umweltfreundlicher und recyclingfähiger PE-Folie.

Der Karl Blessing Verlag ist ein Unternehmen der Verlagsgruppe Bertelsmann.

1. Auflage

Umschlaggestaltung: Design Team, München
unter Verwendung eines Fotos von
Paul Maaßen
Satz: Uhl + Massopust, Aalen
Druck: Wiener Verlag, Himberg
Printed in Austria
ISBN 3-89667-114-6

Als ich meiner Frau einmal erzählte,
daß auch ich wie viele Schauspieler
den Wunsch habe,
während einer Vorstellung auf der Bühne
wie der sterbende Schwan der Anna Pawlowa
das Zeitliche zu segnen, sagte meine Frau:
»Es muß aber ausverkauft sein.«

ICH WIDME DIESES BUCH
MEINER FRAU CHRIS

Verehrte Leserin und verehrter Leser,
ich danke Ihnen sehr, daß Sie ausgerechnet mein Buch in die Hand genommen haben, um es eventuell zu lesen. Ich muß mich allerdings sogleich entschuldigen, daß ich mich so wenig um Sie kümmern kann, wenn Sie Fragen oder Vorschläge oder in den eigenen Reihen Schreibkräfte haben, mit denen ich mich mal in Verbindung setzen sollte. Ich muß mich entschuldigen, da ich zur Zeit an einer Studie arbeite über mein altes Lieblingsthema:
Der Kurze Aufenthalt in einer Langen Welt oder
Die herkömmlichen vielfältigen Konflikte bei den hinfälligen einfältigen Säugetieren. Gleichviel:
Ich grüße Sie herzlich und möchte Ihnen noch sagen: Das Buch läßt sich sehr leicht lesen. Wie Sie sehen, handelt es sich nicht um Verse, vor denen viele Menschen regelrecht Angst haben, sondern Sie sehen hier vollständig gedruckt den sogenannten Blocksatz, der dazu verführen soll, alles in einem Rutsch durchzulesen und sich dabei nicht von irgendeiner Unbill des Tages und der Nacht stören zu lassen. Mir gelingt das übrigens immer weniger, ich werde immer mehr gestört, um nicht zu sagen verstört und zerstört von den Ernstnehmern und den Wichtigtuern. Was soll ich machen? Vielleicht viel reden, viel erzählen, oder gar nichts sagen, schweigen, mit allem hinter dem Berg halten, oho, dem Alltag aus dem Wege gehen. Ich weiß es nicht. Ich bin ratlos.

Neulich habe ich wieder mal einen Geburtstag vergessen. Ganz schlimm war das für mich. Aber es kam einfach zu viel dazwischen. Dabei hatte ich mir vorgenommen, mir alles genau zu merken. »Du mußt wenigstens ein paar Blümchen hinschicken«, sagte ich mir, »wenigstens ein paar Blümchen mit Fleurop.« Und dann habe ich das noch auf einen Zettel geschrieben und an meiner Merkwand aufgepinnt. Haben Sie auch so eine Merkwand? Unsere hat mir meine Tochter zum Geburtstag geschenkt, mit kleinen Figuren aus dem Tierreich. Die sitzen magnetisch auf der Merkwand. Man kann dann den Zettel mit der wichtigen Notiz dazwischentun, und dann wird man daran erinnert, damit man es nicht vergißt. Aber das ist keine Garantie. Auch wenn man sich noch so konzentriert, man vergißt es, denn es kommt ja immer was dazwischen. Das kennen Sie doch auch. Ich meine, wir leiden doch alle darunter, und meistens sagt man dann: »Das ist der Streß.« Nein, das ist noch viel schlimmer. Sehn Sie mal: Streß, den kann man sich einteilen, den kann man sich über den Tag verteilen, über die Woche sogar. Aber wehe, wenn Sie schon alles verteilt haben, so daß es im Leben sehr eng wird, und es kommt dann *noch* was dazwischen. Entweder ist es einem nicht mehr eingefallen, oder es ist etwas ganz Neues, wo jemand vor Ihnen auf den Knien liegt und fleht:

»Kannst du mir das nicht eben noch zwischendurch machen?« Und wenn man dann nicht nein sagen kann – und ich kann das nicht –, dann wird der ganze Streß über den Haufen geworfen, und der schöne Plan ist im Eimer. Man war bereit, Tag und Nacht zu arbeiten, aber jetzt soll man auch noch beim Essen, das man sowieso nur im Stehen zu sich nimmt, kreativ sein, weil jeder sagt: »Du kannst das schon, du machst das schon, es gibt ja auch noch den Sonntag, das ist doch für dich eine Kleinigkeit, das machst du doch mit links.« Ja, und wenn dann noch was dazwischenkommt, höhere Gewalt, Beerdigungen, Schicksale, Vorworte, Nachrufe, Verspätungen, Mißverständnisse, Telefonate, dann fängt man an, das erste, was man sich so schön eingeteilt hatte, langsam zu vergessen. Dann sagt der Kopf: »Vielen Dank, mein Lieber, ich mag nicht mehr, steck dir doch deine Geburtstagsblumen Gott weiß wohin, ich lege mich ins Bett!« Sagt der Kopf, während der Hintern noch zögert. Aber schließlich siegt die Horizontale. Man flieht am hellichten Tag in Tausendundeine Nacht. Und schon sind die Geburtstagsgrüße und Wünsche, die man doch so gerne übermittelt hätte, und die Telegramme und die Telefonate und Faxe ganz weit weg. Aber das Leben geht dennoch weiter. Und das Schöne ist ja, es geht uns fast allen so. Und die Ausnahmen sind dann die Maschinen. Aber die sind zu ersetzen. Ich weiß nicht, ob Ihnen das inzwischen auch so geht. Manchmal geht das anderen nicht so. Ich bin in letzter Zeit auch immer so was von müde, also ich sage Ihnen, ich weiß nicht, was da los ist. Ob ich fünf Stunden schlafe oder elf Stunden, ich komme jedesmal wie gelähmt hoch. Das soll die sogenannte Frühjahrsmüdigkeit sein. Sagt man meistens. Aber vom Frühjahr war ja bis jetzt wirklich nicht viel zu sehen. Die Jahreszeiten sind alle krank. Da können Sie mir sagen, was Sie wollen. Die Jahreszeiten sind krank und wissen nicht, zu wem sie gehen sollen. Zu einem Kräuterheilkundigen oder zu einem Schulmediziner.

Sagen Sie mal, machen Sie auch so gern ein Nickerchen, so mittags? Ich meine, ich weiß ja nicht, ob Sie das beruflich können. Ich kann das. Und ich mache das auch. Ich bin Freiberufler, und so ein Stündchen nachmittags zwischen 2 und 3, das muß inzwischen drin sein. Besonders jetzt, wo ich immer so müde bin. Ich könnte mich schon morgens, gleich nach dem Frühstück, könnte ich mich gleich wieder hinlegen, wirklich wahr. Es gibt doch nix Schöneres, als wenn man sagen kann: »Welt ade! Ich leg' mich noch mal hin.« Keiner sieht das. Keiner kommt zu Schaden. Früher habe ich immer ein schlechtes Gewissen gehabt. Heute? Nix! Nun haben wir ja heute die »Wir-danken-für-Ihr-Verständnis-Gesellschaft«, und das ist dann so, daß, wenn du ein wohlverdientes Nickerchen machen möchtest, gleich ein Preßluftbohrer in deinem Ohr anfängt, auf und ab zu dröhnen. Aussetzt – wieder anfängt – wieder aussetzt. Dann kommt eine längere Pause, und du denkst: überstanden. Ja, Pusteblume. Jetzt geht es in dem anderen Ohr weiter, weil du dich auf die andere Seite gelegt hast. Denn das Ganze kommt so: Unten an deiner Haustür und im Hausflur und im Nebenhaus an der Haustür und weiter im Nebenhaus und in allen Hausfluren hängen Zettel der Firma Schade & Schäden. »Sehr geehrte Mieter! Bis zum 30. Mai werden wir Sie wegen eines Grundwasserverdachtes durch Verschluß einiger Rohre mit unseren Preßluftbohrern so sanft wie möglich, aber so konsequent wie nötig, damit wir schneller die diversen Schadstellen ausbessern, unter Druck setzen. Wir danken für Ihr Verständnis.« Ich kann mich nicht entsinnen, daß ich gesagt habe: »Ja, ich verstehe das.« Ich habe sowieso nix zu sagen. Die können doch machen, was sie wollen. Da wird doch kein Mensch gefragt. Und wenn's für eine gute Sache ist? Gerade da möchte ich gefragt werden. Nein, man weiß von nix, aber die anderen bedanken sich automatisch für mein Verständnis, das heißt sie müssen es auch, denn wenn sie fragen würden: »Wir bitten um Ihr Verständnis« dann könnte es sein, daß die ganze Menschheit aufsteht und sagt. »Nein!« Alle Menschen sagen zusammen: »Nein! Nein, wir möchten das nicht! Den Preßluftlärm! Wir möchten ein Nickerchen machen!« Das ist natürlich unflätig übertrieben. Das gebe ich gerne zu. Aber vorstellen könnte ich mir das schon. Im Traum, beim Nickerchen.

Also ich habe schon gern ein warmes Bad. Nicht nur das Wasser, sondern das ganze Badezimmer muß morgens, wenn ich es betrete, warm sein. Schön gemütlich warm, so daß man aus dem Badezimmer gar nicht mehr rausmöchte. Aber das geht nicht, denn draußen wartet ja der rohe Alltag. Aber zunächst kann man sich im Bad noch ein ruhiges gütiges halbes Stündchen gönnen. Vorausgesetzt, es ist schön warm. Ich mußte es noch mal sagen, denn ich führe schon seit Jahren einen Feldzug gegen meine Frau. Einen Feldzug für die Wärme, gegen die Kälte. Das geht bei mir nämlich so weit, daß ich dem alten Spruch huldige: Lieber warmer Mief als kalter Ozon. Das oder ähnliches sollen früher die Landsknechte vor sich hingesungen haben. Übrigens meine Frau ist auch für ein warmes Badezimmer. Erstaunlich. Denn andererseits ist sie für ein eisigkaltes

Schlafzimmer. Sie meint, daß die Körper- und Bettwärme ausreiche und das Zimmer schon aus medizinischen Gründen schön kalt und nicht schön warm, geschweige denn lecker warm, sein dürfe. Und bei mir muß alles immer lecker warm sein. Vielleicht frieren wir Männer schneller als die Frauen. Ich weiß es nicht. Aber das passiert mir oft, daß ich abends im Freien sitze und friere, obwohl ich einen dicken Pullover anhabe, und meine Frau hat was Leichtes an und friert nicht. Aber machmal hat sie sich, sagt sie dann, völlig falsch angezogen. Auch im Urlaub. Ich nehme immer von allem ein bißchen mit. Man kann heutzutage ja nicht wissen, manchmal steht doch alles auf dem Kopf. Selbst am Mittelmeer ist es abends frisch, und dann sagt sie immer: »Was du wieder alles anhast.« Und nach zwei Stunden friert sie. Ich friere meistens am Hals, aber ich komme abends mit einem guten Wollschal schon aus. Wenn der Hals warm ist, ist bei mir alles warm. Tenöre haben auch immer so einen Schal um. Nein, meine Frau ist manchmal richtig leichtsinnig, fährt nach Italien und meint, da würde immer die Sonne scheinen. Aber jetzt haben wir uns schon umgestellt. Wir nehmen nur noch das Allernötigste mit. Was Warmes und was Kaltes, so daß in Zukunft nix mehr passieren kann. Höchstens mal ne kalte Nase oder kalte Füße. Aber das ist dann der Kreislauf. Und der Kreislauf ist nun mal nicht wegzukriegen. Ich kann zwei Pullover anziehen und drei blaue Jeans übereinander. Kreislauf bleibt Kreislauf. Aber damit ist das kalte Schlafzimmer immer noch nicht aus der Welt geschafft. Da muß ich dann auf die klappernden Zähne beißen, wenn ich aus dem lecker warmen Bett durch das kalte Schlafzimmer über den kalten Flur in das Gott sei Dank lecker warme Bad springe. Aber das Badezimmer muß in der Wand oder in der Decke irgendwo einen Riß oder einen Sprung haben. Es kann noch so warm sein: Wenn ich unter der Dusche stehe, kommt immer ein leichter kalter Zug von oben. Aber oben ist nix zu sehen. Vielleicht hat meine Frau in der Decke unsichtbar einen Ventilator eingebaut. Das sähe ihr ziemlich ähnlich.

Sagen Sie mal, haben Sie auch schon mal so einen Management-Kursus mitgemacht? Ich habe mir neulich gedacht, ich mache mal so ein Ding mit. Man kann ja nie wissen, wo man landet. Heute ist schließlich alles Management und Marketing. Wo man hinguckt und hinhört, überall sind sie am vermarkten. Und das ist ja auch eine Kunst. Das kann man nicht einfach so aus dem Ellenbogen schütteln, sondern das muß man regelrecht lernen. Und das ist einem auch nicht gerade an der Wiege gesungen worden. An meiner Wiege haben sie nur »Hänschen klein« gesungen. Und gerade deshalb habe ich mir gedacht, es kann nicht schaden, wenn du da mal zwei Tage mitmachst. Kostet mit Mehrwertsteuer rund 2.750 Mark. Übernachtung und Frühstück sind direkt beim Hotel zu bezahlen. Also in die Hände gespuckt und mitgemacht. Obwohl ich zugeben muß, daß ich doch ein bißchen Angst hatte, weil ich davon nun gar keine Ahnung habe. Da kommen doch sicher alles geschulte und ausgebildete und gebildete Männlein und Weiblein zusammen, die schon ein bißchen was von der Welt verstehen. So Geschäftsmenschen, die auch schon in der Managementwelt zu Hause sind, denke ich mir doch. In dem Prospekt stand auch zu lesen: »Für innovative Persönlichkeiten, die sich durch Effizienz und Einmaligkeit auszeichnen.« Also da bin ich mal gespannt, was das für Durchschnittsleute sind. Von »Winnern« lernen soll man schließlich. Richtig! Früher hieß das: Gewinner. Jetzt sagt man nur: Winner. Von Winnern lernen. Was macht die Guten besser? Lustvoll an der Konkurrenz vorbeiziehen. Was ich da alles schon gelesen habe. Das macht richtig Spaß. Zum Beispiel: Die Krise zwingt uns zu Umkehr und Abkehr und Neubeginn, wenn sie uns nicht zum Ausstieg veranlaßt. Und selbst das wäre ein Neubeginn. Hören wir einmal hin, wenn Erfolgreiche aus dem Nähkästchen plaudern. Die bessere Zukunft beginnt heute. Wann sonst? Also deren Philosophie, die ist schon interessant.

Sie fragen einen auch, und das wollte ich Sie auch fragen: Stimmen Ihre Strukturen und Strategien für das 21. Jahrhundert? Ich weiß gar nicht, ob meine Struktur stimmt. Also ich nehme erst mal ein paar Tabletten, und sonst versuche ich schon mal abzunehmen, aber Strukturen und Strategien wüßte ich bei mir nicht. Lustvoll an der Spitze. Von Null auf Hundert in zwei Tagen. Mein EKG neulich war eigentlich in Ordnung. Bißchen arhythmisch, aber nix Gefährliches. Und kreativ bin ich schon lang und innovativ ist mir noch nicht aufgefallen, Gott ja, meine Triglyceride sind ein bißchen zu hoch. Aber das kriegt man alles beigebracht. Man muß nur, wie heißt es: Man muß nur »ergänzend aufeinander zugehen«. Dann kriegt man den Vorsprung durch Einmaligkeit. Durch Innovation und Kreativität auf dem Weg zur Spitzenleistung! Also, ich glaube, da muß ich doch demnächst noch mal meinen Urin untersuchen lassen. Wegen der Werte. Damit das Abendland nicht völlig im Eimer ist.

Ich weiß ja nicht, ob Sie ein Spieler sind. Sind Sie ein Spieler? Ich meine, das ist sicher bei jedem Menschen anders. Auch schon von der Veranlagung her, also wollen wir sagen: erblich. Mein Vater zum Beispiel hat schon mal Skat gespielt. Aber sonst auf einer Spielbank, nix. Wo sie sich alle am Schluß erschießen, also Dostojewskij und so, das konnte sich mein Vater gar nicht leisten. Da wäre der schnell ruiniert gewesen. Auch seelisch, sagen wir mal. Ich weiß überhaupt nicht, wie das mit dem Spielen geht. So mit 1-3-7-13-21-passe und so rieng ne wa plüß. Ich habe dazu auch gar keinen Hang. Obwohl wir Deutschen ein Volk von Spielern sind. Leider kein spielerisches Volk. Aber sonst, mein lieber Mann, wenn der Deutsche eine Tüte Zwieback gewinnen kann, ist er dabei! Das ist doch schon seit Jahren so. Überall wird gespielt, weil der Deutsche sich sonst zu Tode langweilt. Der kann nix mit sich anfangen. 37 Prozent aller erwachsenen Deutschen haben sich in der letzten Woche mindestens einmal gelangweilt, und innerhalb von vier Wochen haben sich viele gleich zweimal gelangweilt. Da kommt eine neue Krankheit auf uns zu. Und dann kommt ein Freizeitberater ins Haus und verschreibt auf Krankenschein: mal ein Buch lesen, mal in die Natur gehen, ein bißchen Sport treiben, oder sich weiterbilden, oder mal »Mensch ärgere dich nicht« spielen. Aber das ist den Deutschen dann doch zu kindisch, da gehen sie lieber gleich in eine Spielhalle, ist ja an jeder Ecke eine. Diese Apparate! Die Männer stehen davor, drücken auf zig Knöpfe oder auch nicht, und dann hört man immer ting, tang, tong, teng, klick, klack, kluck. Und dann ist wieder Stille und dann wieder ratter, ratter, ratter. Und dann ist wieder nischt. Oder ting, tang, tong, klack, ting, tang, tong, klack, und dann springt immer so ein Licht hin und her und von oben nach unten, und die

Männer stehen davor, wie vor einem tibetanischen Kloster, wo gleich der Dalai Lama rausspringt und Kuckuck ruft. Und manchmal, aber selten, macht es auch ratter, ratter, ratter, klack, klack, klack, klack, klack, klack, klack... und dann kommen tausend Geldstücke unten raus. Aber meinen Sie, der Mann geht jetzt nach Haus und kauft seiner Frau einen Blumenstrauß? Nix. Der fängt wieder von vorne an. Ting, tang tong, teng, klock, klick, und das Licht rast wieder hin und her, und der Mann beißt höchstens mal in sein Würstchen. In Köln am Bahnhof, wo es die besten Würstchen der Welt gibt, da hängen gleich *zwei* Automaten in dem Imbiß. Ting, tang, teng, tong. Also davon habe ich keine Ahnung. Dann drückt der Mann ganz plötzlich auf einen Knopf, und das Licht saust wieder andersrum, und alles fängt wieder von vorne an. Auch von den Bankautomaten, wo man draußen mit einer Karte Geld abheben kann, verstehe ich nichts. Da hört man immer eine Stimme: »Bitte entnehmen Sie Ihr Geld!« Schon diese Stimme würde mich total verunsichern. Außerdem müßte es bei mir auch richtig heißen: »Bitte entnehmen Sie unser Geld«, denn man ist ja ständig in den Miesen. Sie sehen, ich bin kein Spieler.

Ich hab neulich wieder mal für mich festgestellt
Daß ich eigentlich gar nichts bin
Ich will damit nicht sagen daß ich ein Nichts bin
Aber die meisten Menschen sind doch heute was
Ob sie *wer* sind ist ne andre Frage
Aber was das sind fast alle: was
Ich dagegen
Ich kann an mir herauf und herunter sehen wie ich
will
Ich bin nichts
Gerade am Wochenende hat der Mensch ja Zeit
dazu
Oder sollte sich die Zeit nehmen
Mal über sich nachzudenken
Was die meisten ja auch nicht tun
Ich dagegen tue es
Muß es tun weil ich nichts bin
Sehen sie mal:
Ich bin kein Kegler
Ich bin kein Ruderer kein Segler
Ich bin kein Fotograf
Ich sammle keine Schmetterlinge keine Bierdeckel
Ich habe keinen Schrebergarten
Ich bin kein 3000-Meter-Hindernisläufer
Ich kann kein Auto fahren
Ich habe keine Briefmarkensammlung
Das ist doch kein Leben
Ich bin kein Taucher
Ich bin kein Wandervogel
Ich bin nicht im Mandolinenklub
Ich mache keine Laubsägearbeiten

Auch nicht für andere
Ich habe kein Opernabonnement
Ich gehe nicht auf die Jagd
Ich bin kein Sonntagsmaler
Ich bin kein Reiter
Ich bin kein Tonbandamateur kein Funker kein
  Waldläufer
Nichts von alledem
Ich bin weder Rodler noch Jodler
Ich liege nicht auf Luftmatratzen
Ich fliege nicht Drachen
Ich steh nur immer dumm rum und gucke zu
Wenn ich mir wenns regnet aus einer Zeitung eine
  Mütze
Machen will
Wird immer eine Schwalbe draus
Es gibt ja welche die machen aus einem Kühlschrank
Ein Kinderbett
Oder aus einer Türklinke ein Bügeleisen
Bei mir kommt immer eine Schwalbe raus
Ich meine ich gebs nicht auf
Vielleicht gelingt mir doch eines Tages irgend etwas
Und wenn nicht
Man kann nicht alles haben sein und können
Ich bin eben zu kurz gekommen
Macht nix
Ich sag immer: Selig sind die Zukurzgekommenen
Denn sie tun einem nix!

Wie Sie vielleicht schon wissen, bin ich ein Assoziationskünstler, so wie ich ja überhaupt den Humor, insbesondere natürlich den rheinischen, wenn Sie erlauben, immer als Assoziationskunst verstanden habe. Kann aber auch sein, daß ich ihn bisher überhaupt nicht verstanden habe. Das wär mir ebenfalls recht, denn das wäre ja auch komisch. Also gut: Kling, klang, klong! Immer habe ich diese Glocke im Ohr, die meist bei Eingangstüren von Antiquitätenschuppen und Vollreinigungskliniken ertönt, geräuschvoll ertönt, denn wir leben ja in der Zeit ganz neuer Geräusche. Mein neues Telefon geht zum Beispiel so: löblelöblelöblelöblelopp. Ich werde wahnsinnig... also dann schon lieber das letzte alte Hollywoodtelefon, das in jedem amerikanischen Krimi ertönt und wo der, der dann den Hörer abnimmt, immer sagt: »Für Sie, Inspektor.« Also wenn ich zum Beispiel mit meiner Frau telefoniere, meine Beste ist ja Textilreinigungsmeisterin, und es kommt ein Kunde durch die Tür, höre ich durchs Telefon: Kling klang klong, und dann setzt bei mir sofort die Assoziationskunst ein. Also ich höre kling klang klong, und dann höre ich sofort eine Stimme, einen Sprecher, der sagt: »Am 3. Oktober wurde der amerikanische Ostasienexperte Clay Arthur Sherwood in Hongkong in einer Mülltonne tot aufgefunden. Das FBI sandte am 10. Oktober Special-agent Ron Ferguson nach Hongkong, um den Mülltonnenfall Sherwood zu untersuchen.« Und dann sehe ich, wie Special-agent Ron Ferguson in einer trüben Gasse die Tür eines Antiquitätenschuppens öffnet, und es macht tatsächlich: kling klang klong. Und aus dem Hinterstübchen tritt ein uralter Chinese und schlurft nach vorne. Er heißt Ping Pang Peng und sagt: »Guten Tag,

Mister Ferguson. Ich habe Sie schon erwartet. Treten Sie nur näher.« Übrigens, ich würde diese Rolle des alten Chinesen wahnsinnig gern spielen. Ich glaube, ich habe die richtige Stimme dafür: »Treten Sie nur näher. Mein Bruder Ding Tung Fang ist auch da. Sie brauchen keine Angst zu haben. Auch die Mülltonne ist da. Und wenn wir alle einen Tee getrunken haben, kling klang klong. Aber Mister Ferguson, warum wollen Sie denn schon wieder gehen?« Und so weiter. Also wirklich, Geräusche machen mich oft wahnsinnig. Aber ich wette, Sie haben auch alle so ein spezielles Geräusch, und wenn Sie das hören, geht sofort eine Geschichte los.

Neulich hab ich wieder mal erlebt, fast am eigenen Leibe, wie schwierig doch manchmal Beziehungen sind, oder wie schwierig sie auseinanderzuklamüsern sind. Ich meine jetzt nicht Beziehungen, also Vitamin B, Filz- und Vetternwirtschaft, also Klüngel. Klüngel heißt ja frei nach Konrad Adenauer: »Man kennt sich, man hilft sich«, nee, dat mein ich jetzt nicht, sondern mehr so Verhältnisse, wo man sagt: »Die Silvia ist jetzt mit einem Musiker zusammen, oder sogar verheiratet.« »Ach« sagt man dann, »das ist aber nicht der Musiker, der vor mir war.« »Nee, nee, der war auch Musiker, richtig Flötist. Nee, das ist schon lang vorbei. Nein, nein, der war doch lange vor dir. Da war noch ein Schauspieler dazwischen.« »Ach ja richtig, und dann kam ich.« »Richtig! Und dann kam nach dir wieder ein Musiker.« »Nach mir? Ja, aber das ist doch schon lange aus mit dem Musiker nach mir.« »Ja klar.« »Das war aber nicht der Musiker, der vor mir war. Und der Schauspieler.« »Nein, der erste Musiker war doch Flötist, festangestellt im Orchester. Ist jetzt auch schon lange verheiratet. Mit einer Flötistin aus dem Orchester, auch festangestellt. Beide exzellente Musiker, beide. Und danach kam dann doch der junge Schauspieler, so ein blonder, netter Kerl. Hab ich mal mitten in Wien getroffen. War bei Peymann noch in Bochum. Weiß gar nicht, wo der jetzt steckt. Der kam vor dir einwandfrei. Dann kamst du. Richtig. Und dann kam nach dir wieder ein Musiker. Flötist?« »Eben nicht. So ein freischaffender Experimenteller. Heinz hieß er, glaube ich. Ein Minimal-Freak wie du.« »Wie ich? Ich bin doch kein Musiker.« »Ja, aber du warst davor. Aber das ist auch schon lang kaputt, und jetzt, ich weiß nicht, was dazwischen war, wieder ein Musiker? Flötist?« »Nein, kein Flötist. Das war doch der, der vor dir war. Vor dir und dem Schauspieler.« »Ach ja, richtig. Und jetzt, der ist wohl mehr Komponist oder Dirigent.« »Du, wir waren immerhin sechs Jahre zusammen ohne Musik. Die war ja vor mir.« »Und der nach mir. Ich weiß gar nicht, was aus dem geworden ist. Der hat nur im Winter musiziert und im Sommer gelebt. Typischer Schweizer. Ein halbes Jahr arbeiten und ein halbes Jahr leben, hat er immer gesagt. Und dann kam noch ein Fernsehregisseur oder so ein Aufnahmeleiter. Da wurde nur noch gearbeitet. Und jetzt wieder ein Musiker. Und beide leben auf dem Land.« »Tatsächlich?« »Wenn ich dir's sage.« »Da habe ich ja noch Glück gehabt.« Aber so ist das Leben. Manche brauchen nur einen oder eine. Und einige brauchen ganz viele. Wenn's geht: Musiker. Davor und danach.

Sagen Sie mal, haben Sie auch schon mal festgestellt, daß jeder Mensch anders lacht. Zuerst will man das gar nicht glauben. Lachen ist lachen, denkt man immer. Ja, Pusteblume. Jeder Mensch lacht anders. Da gibt es so viele Nuancen. Beim Weinen auch. Da ist auch jeder ganz individuell dran beteiligt. Ist ja auch logisch. Denn jeder hat wieder einen anderen Grund und ist auch anders gebaut. Man sagt ja auch, der hat aber nah am Wasser gebaut. Andere wieder weinen nur in der Wüste. Oder lachen nur, wenn sie einen in der Krone haben. Aber beim Lachen kommt alles aus dem vollen Hals. Und wenn man dann grad den Mund voll hat, dann ist vielleicht was los! Meine Frau hat mal über mich gelacht, so gelacht, daß mir der ganze Frühstückstisch entgegenkam. Ich meine, das kommt natürlich nicht jeden Tag vor. Die Menschen schnarchen ja auch völlig verschieden. Aber das habe ich schon erzählt. Aber was mir noch aufgefallen ist, sie niesen auch völlig verschieden. Einige niesen, als müßten sie den ganzen Amazonas mit anliegendem Urwald wegfegen. Und andere, die niesen wieder so ganz süß und niedlich. Und manche, die kommen gar nicht zum Niesen, die machen immer nur ha ha ha ha ha ha, und dann ist es vorbei. Und einige, deswegen bin ich draufgekommen, die unterdrücken das Niesen regelrecht. Wollen wir mal sagen, ob das nun regelrecht oder regelwidrig ist, weiß ich gar nicht. Aber da hört sich das Niesen so an: km km km km km. So ein Niesen habe ich zum erstenmal bei meinem Onkel Heinrich gehört, nicht bei dem, der Schneider war und im Sarg verwechselt worden ist. Der nieste wie ein Blasebalg und sagte immer. »Das muß alles raus in die Natur.« Nein, der andere Onkel Heinrich, der bei der Marine war in Tsingtau. Tsingtau, das klingt ja schon fast so, als ob einer niesen muß. Tsingtau war doch, glaub ich, ein deutsches Schutzgebiet. Mit Pacht oder so ähnlich, bei Wilhelm dem Zweiten, und mein Onkel Heinrich, der hatte auch so einen Schnurrbart wie Wilhelm der Zweite und konnte nur so niesen: Km km km km. Also, der hat alles runtergeschluckt. Der war als Matrose in Tsingtau, Kammerherr der Prinzessin Wilhelmina Augusta. Und da hat er immer so geniest: Km km km km... und hat einmal ein wertvolles Schmuckstück, das die Prinzessin wochenlang vermißt hatte, wiedergefunden. Und durfte es dann als Belohnung behalten. Und hat dann später die Wirtschaft »Der Kleine Reichstag« übernommen, wo meine Mutter drin geboren worden ist, und da stand er immer hinter der Theke und hat geniest: Km km km km km... Ich meine, ich niese ja mehr so wie Hatschi Halef Omar. Ich war ja auch noch nie in Tsingtau.

Sagen Sie mal: Wie werden Sie eigentlich mit dem Krieg fertig? Ich meine, wahrscheinlich auch nicht so besonders. Also, ich will mal so fragen. Mein Nachbar, der Anton Brinsken, ich weiß nicht, ob Sie den kennen, der hat doch die Wöllenweber zur Frau, vom Bäcker Wöllenweber die Älteste, die Mathilde. Genau! Der kommt also mit dem Krieg momentan überhaupt nicht zurecht. Ist auch nicht so einfach. Die Wahrheit beginnt ja immer zu zweit, und einer hat immer unrecht. Hat der Philosoph mit dem dicken Schnurrbart gesagt. Einfach ist das nicht. Obwohl die Kinder aus dem Alter raus sind, daß sie Soldat spielen müssen. Gott sei Dank! Aber der Anton Brinsken, der sagt: »Jetzt ist es soweit!« Hat er gesagt, »ja, jetzt ist es soweit«. Sagt der dauernd. Es hat uns ganz einfach erwischt. »Jedenfalls mich«, hat er gesagt, »mich hat das regelrecht auf kaltem Fuß erwischt.« Und es wäre schlimmer als damals, wo er sich das Rauchen abgewöhnt hätte. Gut, das wäre am Anfang auch schlimm gewesen. Aber jetzt, da würde er doch nicht so einfach mit fertig, müßte er mir einfach mal ganz persönlich sagen, der Anton Brinsken. Der ist, glaube ich, schon seit zwanzig Jahren in einem kleinen Karnevalsverein im Nachbarort tätig. Bei uns ist ja in der Beziehung nix los. Der ist da Protokoller oder so was Ähnliches. Und jetzt ist der Krieg gekommen. Und er hatte sich schon seit Monaten ein Kostüm zurechtgelegt, das heißt, die Mathilde hat alles zugeschnitten. Jedenfalls lange Rede kurzer Sinn: Er wollte als Protokoller auch für die Farbigen eintreten, denn da wäre ja auch vieles ins Rollen gekommen. Mit seinen Versen und mit der Maske. Aber es sei nun alles ins Wasser gefallen. Das wäre eben die Weltgeschichte, und da müßte sich der kleine Mann halt beugen. Aber er zöge das Kostüm schon nachträglich zu Hause an, damit nicht alles umsonst wäre. Auch wegen Mathilde. Aber es käme jetzt natürlich keine Stimmung mehr auf. Es wäre schon ärgerlich. Und er könnte den Krieg ja doch nicht aufhalten. Und dann hat er mich noch gefragt, ob er sich vielleicht in dem Kostüm mal zwischen die vielen Fronten stellen und immer rufen sollte: »Aufhören! Aufhören!« Aber da käme ja sicher auch nix bei raus. Er würde da einfach nicht mit fertig. Der einzige Trost wäre, sagt er, daß es ja wohl den meisten so ginge. Bis auf ein paar, die sowieso immer alles besser wüßten. Obwohl der Krieg noch so weit weg wäre, hat er zu mir gesagt, könnte er morgen schon um die Ecke kommen. Und dann wäre jeder Tag Aschermittwoch.

Ich glaube, ich habe Ihnen das schon mal erzählt, und zwar, ich trinke seit meiner berühmten Gallenkolik, damals im Zug, mitten zwischen Trier und Koblenz, trinke ich nur noch Tee, obwohl ich jahrzehntelang eine Kaffeetante war, Erbteil von meiner Mutter. Noch nachts um 2. Eine Kanne Kaffee, mittelstark, hat mir nix ausgemacht. Aber jetzt habe ich mich zu Tee durchringen müssen. Man muß sich da richtig überwinden, denn ich habe früher gar nicht gern Tee getrunken. Gar nicht gern. Weil hauptsächlich wohl, wenn früher Onkel Fritz Geburtstag hatte und die ganze Familie mit Kind und Kegel zusammenkam, da war ich ja erst acht oder neun Jahre alt, strömten die all zusammen, aus allen niederrheinischen Ecken und Kanten, von den Alpen bis Kaldenhausen, und saßen dann alle an einem ganz langen Tisch und tranken ganz dünnen Tee. Sicher weil das vornehm war, und meine Mutter spreizte immer den kleinen Finger ab, wenn sie die Tasse zum Mund führte. Und der Tee war so dünn, wie gesagt, und schmeckte nach nix. Und Bohnenkaffee gab es damals sowieso nur sonntags, sonst nur Malzkaffee, sogenannter Muckefuck. Aber heute bin ich schon ein richtiger Teetrinker. Nicht, daß ich bei »Wetten, daß...?« fünfzig Teesorten geschmacklich auseinanderhalten könnte. Nix! Oder ich hätte den Keller voll Früchtetee, oder ich würde nur noch in homöopathischen Teestuben verkehren, nee! Obwohl der Tee die Zuflucht der Introvertierten sein soll, hat – glaube ich – Oscar Wilde gesagt. Ich meine, das könnte für mich ja wieder passen, oder, wie sagt man: Das sieht dem ähnlich! Aber ansonsten trinke ich Tee hauptsächlich wegen meiner Gallengänge. Die übrigens frei sein sollen laut Ultraschall, also ganz ohne Gries, ohne Gallengries. So könnte auch ein Ritter aus König Artus' Tafelrunde heißen: Gallengries und Gurnemanz, Lohengrin und Gallengries. Aber ich schweife ab. Meine gefährlichste Krankheit. Ich wollte eigentlich nur sagen, daß Kaffeetrinker viel besser dran sind, weil die ohne Teebeutel arbeiten können. Die Geschichte mit dem Teebeutel, die kennen Sie ja. Kein Deutscher weiß in den meisten Fällen wohin damit. Zucker gibt's manchmal, auch nur ein Stück. Aber das ist nicht das Schlimmste. Neuerdings sind Teetrinker regelrecht benachteiligt, denn in den meisten Frühstücksräumen muß man sich den Tee inzwischen selbst holen. Der Kaffeetrinker aber kann am Tisch sitzenbleiben und wird von vorne bis hinten bedient und verwöhnt. Kaffee, Kaffee, Kaffee. Der Teetrinker dagegen muß aufstehen, sich an das Buffet begeben, den Teebeutel auswählen, sich eine von diesen hundsgemein komplizierten Teekannen aussuchen, die manchmal wie eine erschrockene Ente mit Schlangenschnabel aussehen. Dann muß man sich noch aus dem Ding, aus dem Samurai oder wie das heißt, aus dem Samowar, das darf doch nicht wahr sein, das heiße Wasser in die Kanne schütten. In der Zeit hat der Kaffeetrinker schon seine erste Tasse getrunken. Natürlich, ich weiß schon, warum das alles. Denn jeder macht seinen Tee schließlich anders. Aber für mich ist das eine Erniedrigung. Kaum ist man aufgestanden, muß man schon wieder alles selbst machen. Wo ich mich doch gerade so gemütlich hinsetzen wollte.

Also, was ich im Moment gar nicht gut finde und was auch immer schlimmer wird, daß da auf den Autobahnen jeden Tag zig Autos dazukommen. Darüber habe ich ja schon ein paarmal geklagt, und ich will mich auch nicht wiederholen, aber es müßte doch langsam mal was unternommen werden. Sicher in einigen Städten fangen sie jetzt an, mit so autofreien Samstagen in der Innenstadt. Aber das ist nur ein Tropfen auf dein heißes Auto. Nee, da muß was ganz Neues her. Schwebebahn oder alles unterirdisch oder Fahrrad. Oder, habe ich mir überlegt, Hubschrauber – Hubschrauber, ja warum nicht? Warum sitzen nicht jetzt schon findige Ingenieure an der Aufgabe und erfinden so einen Volkshubschrauber. Wahrscheinlich sitzen die schon dran, nur wir wissen noch nix davon. Die werden natürlich am Anfang irrsinnig teuer sein, so 150 000 Mark ohne Extras, aber nach ein paar Jahren werden die dann immer billiger, und dann gibt es ja auch schon Gebrauchthubschrauber. Und später auch noch Zweithubschrauber, wie ich uns Menschen kenne. Aber so weltfremd wär das gar nicht. Und die Dächer von den Häusern müßte man dann als Flachdächer umbauen. Also als Landeplatz, und in die Dächer kann man dann noch so Luken machen, wie eine Haustür. Und dann kann man ins Haus rein. Ich muß schon sagen, je mehr ich darüber nachdenke, desto mehr Spaß macht mir das. Vielleicht könnte man jetzt schon überall Vereine gründen, so Fördervereine für den Aufbau und die Pflege der Deutschen Hubschraubergesellschaft e.V. Aber eins ist sicher, die Straßen würden leerer, und einkaufen könnte man mit dem Fahrrad. Ich bin manchmal richtig verärgert, daß sich die verantwortlichen hohen Herren keine Gedanken darüber machen. Wenn es so ein Ding gäbe, so einen Volkshubschrauber, würde ich mir sofort einen auf Stottern anschaffen. Gerade für meine weiten Strecken. Denn manchmal sind doch die Staus schon so ungeheuerlich, daß man einige Termine gar nicht mehr richtig einhalten kann, und mit so einem Volkshubschrauber wäre man doch all dieser Sorgen vorerst enthoben. Bevor da die ersten Staus kämen, müßte der

Himmel schon voll und schwarz von Volkshubschraubern sein. Bis dahin hätten sie mir den Volkshubschrauberschein bestimmt schon endgültig entzogen, und ich hätte dann auch gern, daß alle Theater, in denen ich auftrete, auch so ein Flachdach haben, besser noch, ein Flachschiebedach, so daß ich durch das Dach mit dem Hubschrauber nach unten fliegen kann und gleich auf der Bühne lande. 20 Uhr. Und dann würde sich vorne der Hubschrauber flügeltürartig öffnen, und dann säße ich hinter meiner kleinen Orgel, und dann könnte es losgehen. Und am Schluß geht die Flügeltür wieder zu, und mein Hubschrauber startet nach oben, und wir fliegen durch das Flachschiebedach und dann nach Hause. Das wäre doch wirklich das Ideale für fahrende Künstler. Pardon, für fliegende Künstler. Dann stünde man keinem mehr im Weg, und kein Hausmeister könnte mehr sagen: »Hier können Sie nicht stehenbleiben!«

Was ich Sie mal fragen wollte: »Haben Sie eine Dusche oder ein Bad? Oder haben Sie beides? Oder haben Sie ein Bad mit Badewanne, aus dem man mit einem Vorhang eine Dusche machen kann? Oder haben Sie ein Bad, wo noch kein Vorhang vor ist, also vor der Wanne, so daß Sie, wenn Sie duschen, das ganze Badezimmer unter Wasser setzen? Ich bin so einer. In Hotels ist ja oft kein Vorhang vor der Wanne, und dann steht das ganze Badezimmer immer sofort unter Wasser, wenn ich dusche. Dafür kann ich doch nix, wenn die kein Geld für einen Vorhang davor haben. Deswegen heißt es ja auch Vorhang. Wenn der Geschäftsführer damit überfordert ist, tut er mir leid. Ich muß mich schließlich anständig duschen können. Unanständig, das kann ich auch zu Hause. Da ist wenigstens ne richtige Schiebetür vor. Obwohl die dauernd klemmt. Manchmal so schlimm, daß ich denke, ich komme gar nicht mehr aus der Dusche 'raus. Da ist dann ein Bad, also eine Badewanne, einfacher. Obwohl ich ein Duschtyp bin. Aber ich lege mich auch schon mal gern so zwei Stunden in eine heiße Wanne. Also in ganz heißes Wasser. Ich kann heiß ganz gut vertragen. Ich bin ein ausgesprochener Spül-Typ, also ich kann wahnsinnig heiß spülen. Da staunt meine Frau immer. Sie wissen ja: Je heißer man spült, desto weniger braucht man abzutrocknen. Warum weiß ich auch nicht, aber es ist so. Ich trockne ganz gern ab, obwohl spülen einfacher ist. Jetzt bin ich vom Thema abgekommen. Das meiste kommt ja sowieso in die Spülmaschine. Die Dusche ist gleichsam die Spülmaschine für den Menschen. Nur daß da nix kaputtgeht. Es gibt ja Menschen, die mögen keine Duschen. Das sind ausgesprochene Badewannen-Menschen. Die halten duschen wahrscheinlich für oberflächlich und das Bad in der Wanne für tiefgehender. Ich weiß es nicht. Ich meine, ich habe ja in meinem Appartement nur ne Dusche. Ich kann meiner Haut im Moment nicht mehr bieten. Aber ich tue, was ich kann. Jeden Tag sage ich zu meiner Dusche: »Guten Morgen.« Das ist auch nicht üblich. Nee, nee. Das Institut für Hautforschung hat übrigens herausgefunden: Männer duschen öfter als Frauen und waschen sich auch öfter die Haare. Kaum zu glauben, wo ich doch fast keine mehr hab. 44,9 Prozent der deutschen Männer gehen jeden Tag unter die Dusche, und jeder vierte wäscht sich dabei auch die Haare. Ja, der Germane hält sich eben rein. Sauber und säubern waren ja schon immer deutsche Lieblingswörter. Während bei den Germaninnen, da duschen nur 37,8 Prozent täglich, und nur jede siebte greift jeden Morgen zum Shampoo. Und ich dachte immer, die Damen wären darin strenger und wir Männer etwas laxer. Da habe ich mit Haut und Haaren daneben getippt. Jaaa, die Reinheit des deutschen Mannes ist unantastbar.

Sagen Sie mal, was ist eigentlich zwischen den Jahren? Ich muß mal so dumm vorweg fragen. Nicht, daß Sie einen Schreck kriegen. Ich komme Sie nicht besuchen, keine Angst. Aber ich höre den Satz so oft: »Sollen wir das nicht zwischen den Jahren machen?« Oder: »Das machen wir immer zwischen den Jahren, denn sonst kommen wir ja nicht dazu.« Also die Leute müssen noch viel Zeit haben, denke ich dann immer. Denn zwischen den Jahren kann ich schon gar nix mehr machen, weil bei mir diese Zeit schon seit Monaten völlig, also drei- bis viermal völlig zu ist. Obwohl man, das will ich gerne zugeben, am Anfang des Jahres auch schon mal gesagt hat, oder wenigstens gedacht hat, das kann ich ja am Ende des Jahres, also zwischen den Jahren, machen. Nix! Wenn dann diese fünfte Jahreszeit wirklich da ist, hat sich so viel anderes auf meinem Schreibtisch auf- und angehäuft, daß ich schon silberhell lachen muß, wenn einer sagt: »Mach das doch zwischen den Jahren.« Mein Schreibtisch, das wissen Sie, glaube ich, schon, ist ja mein Frühstückstisch, oder besser umgekehrt. Mein Frühstückstisch, pardon, unser Frühstückstisch natürlich, denn manchmal kommen wir auch schon mal zu einem gemeinsamen Frühstück zusammen, meine Frau und ich, aber nicht zwischen den Jahren, denn da muß ja jeder ganz besonders das machen, was er oder sie sonst nicht hatte machen können. Also, unser Frühstückstisch ist mein Arbeitstisch, weil ich mich so ungern von meinem, also unserem, Frühstückstisch weg bewege, dieser Tisch; verflixt, geht denn dieser Satz nie zu Ende –, dieser Tisch ist über und über mit Post zu- und eingedeckt, so daß ich zwischen den Jahren zu nichts anderem mehr komme, als die wichtigsten Fragen, Anfragen, Grundfragen, Nachfragen zu beantworten. Und alles andere weiter wochenlang liegenzulassen, oft monatelang, weil ich zwischen den Jahren einfach zu nichts mehr komme. Ja früher, vor hundert Jahren, da konnte man noch zwischen den Jahren zu Omma und Oppa fahren, um die verspäteten Weihnachtsgeschenke abzuholen. Damals hat's ja auch noch geschneit, was das Zeug hielt, und man kam sich vor wie ein russischer Gutsherr, wenn man über die Weite fuhr, zwischen den Jahren. Heute ist man doch froh, wenn man grad seinen neuen Weihnachtspullover, dessen Farbe einem nicht so behagt, umtauschen kann. Und wenn man sich vielleicht noch für Silvester ein paar Scherzartikel besorgt, vielleicht eine Zigarre, die auf der Hälfte explodiert oder so was. Die knappe Zeit zwingt einen ja zur Einfallslosigkeit. Wollen aber nicht geschmacklos werden. Das Jahr hat es gar nicht verdient. Zu viele menschliche Eitelkeiten und zu viele unmenschliche Grausamkeiten passieren zur gleichen Zeit. Schwamm drüber, kann man wohl schlecht sagen. Hut ab wohl auch nicht. So grüße ich Sie zwischen den Fronten und zwischen den Jahren sehr herzlich.

Sagen Sie mal, sind Sie auch für Blasmusik? Diese Ansammlung von Blechbläsern auf Plätzen oder in Festzelten. Wo man immer einen gewaltigen Schrekken kriegt, wenn die anfangen zu spielen. Man steht ganz ahnungslos auf der Stelle und sieht sich grad ganz interessiert ein Reiterstandbild an. Irgendeins, wo das

Pferd sein Vorderbein in der Luft hat. Da legt auf einmal aus dem Hinterhalt eine Blaskapelle los, daß einem das Trommelfell abhanden kommt, und man meint, das Pferd geht auf und davon. Und alles ohne Vorwarnung! Gut für den, der Spaß dran hat, und von denen gibt es, glaube ich, eine ganze Menge, die Dunkelziffer mal gar nicht mitgerechnet. Ich habe nix dagegen, warum nicht. Aber daß das immer so laut sein muß! Im Zelt ja auch. Kaum, daß man sitzt und sich ein bißchen ausruhen und unterhalten will, geht doch der Krach schon los. Und die Bläser machen einem alles kaputt. Gut, das soll ja alles Volksgut oder Brauchtum sein. Die Volksmusik steht momentan sowieso hoch im Brauchtum. Und ein richtiges uraltes Volkslied, wenn es leise gesungen wird, kann ja sehr schön sein. Aber alles zu seiner Zeit, sage ich immer. Steht schon in der Bibel. Und alles an seinem Ort, wo es hingehört. Da wir grad von der Musik sprechen: Ich hab neulich von Alphörnern in der Karibik gelesen. Ich meine, daß unsereiner heutzutage überall berieselt wird, damit hat man sich schon längst abgefunden. Auf dem Klo, im Aufzug, im Chinarestaurant, im Flugzeug – überall läuft einem doch irgendso eine Industriemusik vom Band den Rücken runter. Du kriegst keine Ruhe. Aber Alphörner in der Karibik. Das ist die Krönung der Kreuzungen. Apropos – Kreuzungen! Das ist alles auf einer Kreuzfahrt passiert. Es hatte da ein Ehepaar eine zweiwöchige Kreuzfahrt zu den »Perlen der Karibik« gebucht. – Wenn ich das schon höre: »Perlen der Karibik«! Da krieg ich schon die Gelbsucht. – Nun waren fünfhundert der insgesamt sechshundert Passagiere auf dem Kreuzfahrtschiff Mitglieder des Schweizer Vereins für Volksmusikfreunde. Ich muß gleich dazu sagen, mir ist das nicht passiert. Da wäre ich lieber gleich ins Wasser gesprungen. Es gab nämlich an Stelle der logischerweise erwarteten lateinamerikanischen Musik fast ausschließlich Ländlerkapellen, zum Beispiel das »Schwyzer Örgelsquartett Ländlerbübe«. Und Trachtentanzgruppen gab es und dann wieder Ländlerkapellen wie »Das Echo von Tödi« oder »Die Dorfspatzen Oberägi« und dann noch das »Jodeler-Duett Lisbeth Sidler und Fritz Arnet«. Spätestens da wäre ich nur noch seekrank gewesen. Und auch ein lateinamerikanisches Mitternachtsbuffet wurde von Alphornbläsern und Blaskapellen untermalt. Da können Sie mal sehen, auch die Schweizer können nicht von ihrem Heimatland lassen. Genau wie wir! Die Schweizer nehmen ihre Trachtenkapellen mit in die Karibik, und wir Dosenbier und Sauerkraut! Das frustrierte Ehepaar hat später ein Drittel der Reisekosten zurückbekommen. Also aufgepaßt! Wenn Sie mal eine Kreuzfahrt in die Arktis machen, und es sind keine Pinguine an Bord, dann wissen Sie Bescheid.

Jetzt steht ja oft geschrieben, also richtig öffentlich: Bringen Sie Ihrem Hund bei, daß Gehwege keine Plätze für Hundeklos sind. Ist in Ordnung, sage ich dann immer. Und schon drehe ich aus Spaß den ganzen Kram um und sage: Bringen Sie mal den Menschen bei, daß Hundewege keine Kloplätze für Menschen sind. Das ist natürlich völliger Blödsinn. Aber wie soll ich das meinem Hund beibringen, wenn der ganz plötzlich muß? Sicher, es gibt so Tüten und Eimerchen und Schüppchen. Das ist auch gut so. Aber son Hund ist doch auch nur en Mensch. Oder der Mensch ist ein Hund. Nun muß ich allerdings zugeben, daß ich auf dem Sektor nicht ganz zurechnungsfähig bin – im wahrsten Sinne des Wortes. Also nicht fähig zu rechnen. Ein bißchen bescheuert kann man auch sagen. Ich kann da wirklich nicht objektiv sein, denn ich habe selbst einen Hund. Früher hatte ich mal neun Katzen. Die konnten sich natürlich allerhand leisten. Denen stand das ganze Haus zur Verfügung. Und die saßen nicht nur mit am Tisch, sondern auch manchmal auf dem Tisch – und manchmal direkt neben der Wurst! »Igitt!« werden jetzt viele aufschreien, »igitt!« Ich höre nicht nur die Schreie, ich sehe auch die Gesichter, igitt! Das muß ja nun nicht sein, das geht wohl ein bißchen zu weit. Und dann überall die Katzenhaare und die Hundehaare, und dann noch auf dem Tisch, igitt! Nun beruhigen Sie sich doch, bitte, beruhigen Sie sich doch! Kartoffeln gehören in den Keller, sage ich immer. Und Katzen auf den Tisch. Und Hunde dürfen auch schon mal mit im Bett schlafen, so daß nur der Kopf oben rausguckt – wie ein Mensch. Jaja, das mit den Gehwegen ist in Ordnung, aber machen Sie doch keine Strafexpedition draus. Hunde bitte an der Leine führen! Hier ist Gift ausgelegt! Habe ich neulich gelesen. Was sind denn das für Menschen? Das sind Schweine-Hunde, sind das! Gift auslegen für so kleine Säugetiere. Aber, wie gesagt, ich bin da nicht zurechnungsfähig. Weil mein Hund bei meiner Tochter ist. Und jetzt! Sie glauben ja gar nicht: Wenn ich mal in die Stadt gehen muß, wie ich nach anderen Hunden schiele. Egal, ob groß oder klein. Auch Straßenmaler haben oft ein oder zwei Hunde dabei. Da bleibe ich stundenlang stehen. Aber nicht, weil ich mir die Bilder angucke, sondern nur wegen der Hunde. Und ich werfe dann auch immer ein Zweimarkstück in die Zigarrenkiste. Aber nur wegen der Hunde. Damit die genug zu fressen bekommen. Klar, der Künstler soll auch leben, aber die Tiere nicht weniger. Auch so Stadtstreicher am Bahnhof haben oft Hunde bei sich, und die lieben sie über alles. Ja, und wenn dann mal einer sein Hundeklo nicht rechtzeitig erreicht, Gott ja! Deswegen muß man ja nicht gleich einen ganzen Park für Hunde sperren! Haben sie neulich in Hamburg gemacht. Gut, daß ich nix zu sagen habe. Sonst würden uns die Hunde alle auf der Nase herumtanzen.

Wenn mir die Welt nicht dazwischenkommt
Kömmt es mich doch ab und zu immer mal wieder
an
Den ökologisch-franziskanischen Volkstribun zu
spielen
So konnte ich zum Beispiel nicht umhin als
Auf einem Sommerfest
Sonntagsmorgens im Freien
Extra mehrere Gläser Limonade verstreut
aufgestellt wurden
Um herumsausende Wespen in die Gläser zu locken
Und sie öffentlich wie Agnes Bernauer zu ersäufen
Ich konnte also nicht umhin
Mir eine Salzstange zu nehmen
Um damit die Wespen
So viele ich konnte aus dem süßen Todesgesöff
herauszuretten
Brecht zitierend
Wollt nicht in Zorn verfallen
Denn alle Kreatur braucht Hilf von allen
Marschierte ich mit meiner Salzstange
An der sich vier Wespen klammerten
Stolz
An der entrüsteten Morgengesellschaft vorbei
Und wurde von allen für verrückt erklärt.

Na, wie geht's? Gut, Hauptsache. Mir auch. Nur manchmal habe ich Beschwerden. Ich meine damit keine Krankheiten, sondern mehr so, wenn meine Frau sich beschwert, wenn ich mit vollem Mund esse beziehungsweise spreche, wollte ich sagen. Ich meine, mit vollem Mund essen ist ja erlaubt, das ist auch keine Leistung, das kann jeder. Aber mit vollem Mund sprechen, das muß sich erst noch durchsetzen, sage ich immer, und da ich gern spreche und gern esse, ist mir das schon in Fleisch und Blut übergegangen. Ich merke schon gar nicht mehr, wenn ich mit vollem Mund spreche. Doch dann merke ich, daß mich die Leute schon nachmachen, und dann höre ich sofort auf zu sprechen und esse den Mund restlos leer, bis auf den allerletzten Krumen, und dann habe ich meist den Faden verloren, und das Gespräch ist im Eimer. Ich bitte natürlich immer gestisch darum, also so mit der Hand, einen Moment zu warten, bis ich den Mund völlig leer habe, aber ich habe immer den Mund so voll, das dauert dann manchmal schon eine halbe Minute, bis der Mund restlos leer ist, und dann kann ich endlich astrein sagen: »Verzeihen Sie, aber der Gesprächsfaden ist futsch.« Ich kaue schon immer doppelt so schnell, damit mein Gegenüber nicht so lange warten muß. Manchmal halte ich mir auch den Mund zu und deute hinter der vorgehaltenen Hand an, daß der Mund gleich endlich leer ist. Früher habe ich sogar beim Essen geraucht, und zwar in der rechten Hand hatte ich den Löffel für die Linsensuppe und in der linken Hand die Zigarette. Aber das habe ich mir schon mal abgewöhnt, ich meine das Rauchen, die Linsensuppe natürlich nicht, wo denken Sie hin. Aber stellen Sie sich mal vor, ich hätte zu dem Rauchen und Essen auch noch gesprochen, da wäre ich ja ein Multitalent gewesen. Komisch ist auch, wenn auf Festen so vierzig bis fünfzig Leute fein angezogen am Tisch sitzen und essen, und jedesmal sehe ich, daß sie sich unterhalten. Vierzig bis fünfzig Leute kauen auf Deuwel komm raus, immer schneller, um dann endlich wieder mit leerem Mund Rede und Antwort stehen zu können. Bei solchen Gelegenheiten müßte eigentlich ein Zeremonienmeister mit einem Schild stehen, bei denen auf der einen Seite ESSEN steht und auf der anderen Seite SPRECHEN, und der gibt dann immer Zeichen. Wie beim Fernsehen, da hat ja der Aufnahmeleiter auch immer Schilder, auf denen steht: LACHEN beziehungsweise KLATSCHEN. Ich sage immer, wenn man der Menschheit von vornherein erlaubt hätte, mit vollem Mund zu sprechen, dann würde das gar nicht so als Fauxpas angesehen werden, sondern wäre bestimmt hochvornehm. Nur daß man das meiste nicht verstanden hätte, aber das wäre nicht so schlimm, denn mit leerem Mund verstehen sich die Menschen oft auch nicht. Aber es ist natürlich gesellschaftlich höherstehend, deshalb übe ich jetzt auch schon immer, mit leerem Mund zu schweigen. Das ist das allervornehmste, man muß nur aufpassen, daß man nicht verhungert.

Wenn ich eins nicht ausstehen kann oder einfach nicht mag – weil, wenn man damit anfängt, man nie mehr aufhört und außerdem, so lecker sind sie ja nun auch wieder nicht –, dann sind das diese, ist das dieses Knabberzeugs, was man eigentlich mehr so nebenbei hingestellt bekommt, wo alle Welt dann stundenlang drüber herfällt und knabbert und knabbert und knabbert. Wie die Kaninchen sitzen alle da und nagen und knacken und knabbern, als gäb's das nur noch drei Tage oder als hätte niemand dieses Zeugs jemals gesehen und gegessen. Das sind so Kleingebäcksorten, die wie Rauschgift verschlungen werden, so Kräckerchen mit Käse oder Kümmel oder Mohn oder überhaupt alle Arten von Chips. Es soll Leute geben, die sich solche Sachen von des Gastgebers Tisch heimlich und haufenweise in ihren Kulturbeutel werfen und durch dunkle Nebengassen nach Hause schmuggeln. Ich kann mir das Zeug nicht antun. Nüsse – gut, in allen Arten, da bin ich auch schon mal süchtig und grabsche gleich zwölf auf einmal, obwohl das auch eine Plage ist, denn man ruht ja nicht eher, bis die Schale leer ist, und bevor der Nachbar die letzten zwei nimmt, reißt man noch die vorletzten drei an sich, weil man einfach nicht aufhört wiederzukäuen, bis die Kuh vom Eis ist. Bei Nüssen darf übrigens mit vollem Mund gequatscht werden. Aber die in Zellophan verpackten, vom Ober meist lässig zwischendurch auf den Tisch geworfenen Grissini-Stängelein kommen bei mir wie eine Strafe an. Ich weiß, daß alle Welt hier spätestens den professionellen Kopf schüttelt, aber für mich ist das schlimm. Warum, weiß ich nicht, und das macht alles noch schlimmer. Vermutlich weil die internationale Knabbergesellschaft noch nie so recht mein Fall war. Aber man soll ja nicht alles auf die Gesellschaft schieben, oder aber man sollte nicht hingehen. Ich glaube, es liegt am Geschmack, also was man schmeckt. Auch bei Brezelchen oder Pußta-Kräckern und Dschingis-Khan-Chips merkt man den Geschmack und ist verstimmt. Und dennoch hört der Mensch nicht auf, das weiter in sich hineinzustopfen, schon leicht betäubt, obwohl er schon beim dritten Brezelchen gedacht hat, nun ist's aber gut, das war das letzte Kleingebäck. Nein, er schmeckt nur noch und achtet darauf, daß er immer ein bißchen schneller ist als sein Nebenmann. Ist es eine Nebenfrau holt er fürsorglich gleich zwei neue Schüsseln mit Chips und Brezelchen und Käseknäckerchen und Mohnknabberchen. Soll sein, soll sein! Aber einmal muß doch dem der Mund überlaufen, wem der Hals zu voll ist. Mit Nüssen kann man wenigstens noch durch die Gegend werfen, wenn die Party zu langweilig wird. Aber mit Chips oder Brezelchen oder Grissini, da wird man ja zum Samurai, will sagen, da stürzt man sich doch ins Schwert, wenn einem das Kleingebäck schon aus den Ohren kommt.

Was ich Sie schon lange fragen wollte, obwohl mir das fast peinlich ist. Haben Sie eigentlich eine Visitenkarte? Sie auch nicht? Da fällt mir ja ein Stein vom Himmel. Ich habe nämlich schon gedacht, ich wäre wieder mal der einzige auf der ganzen Welt, der keine Visitenkarte hat. Sagt man doch immer: »Ich gebe Ihnen dann meine Karte.« Oder: »Haben Sie vielleicht eine Karte für mich?« Und dann sage ich immer: »Oje, jetzt habe ich grad keine bei mir. Die sind mir gestern ausgegangen. Und ich sehe inzwischen auch ganz anders aus, und die Druckerei stellt gerade auf Computer um.« Aber in Wirklichkeit habe ich noch nie eine Visitenkarte gehabt, obwohl es natürlich praktisch ist, ohne Zweifel. Ich habe auch im Prinzip nix dagegen, bloß ich habe keine, ich habe auch keinen Videorecorder, obwohl alle Welt bei meiner Profession annimmt, der hat bestimmt einen Videorecorder. Ich habe auch keinen Führerschein, ich habe auch keine Kreditkarte. Aber so eine Visitenkarte sollte man eigentlich schon haben, wäre schon standesgemäß. Denn wenn man sagt, man hat keine, und muß dann die Adresse und die

Telefonnummer auf einen Zettel schreiben, der meistens nicht vorhanden ist, dann ist das schon unangenehm. Ich meine, so gesellschafts-geschäftlich, man steht dann einfach eine Stufe tiefer, habe ich immer das Gefühl, und der andere guckt einen dann auch so komisch an, als wollte er sagen, bin ein bißchen enttäuscht von Ihnen, scheinen doch nicht der zu sein, für den ich Sie immer gehalten habe. Genau das steht denen dann immer im Gesicht geschrieben. Ich weiß doch, wie Leute aussehen, die so was denken, und immer sage ich mir dann, morgen läßt du dir sofort eine Karte machen, dann bist du endlich auch gesellschaftlich einwandfrei und kannst dann zu jedem sagen: »Möchten Sie vielleicht eine Karte von mir?« Ich habe auch keinen Anrufbeantworter, aber so eine Visitenkarte, sage ich immer, gehört eigentlich in jedes Haus. Ich habe in meiner Brieftasche mindestens zwanzig Visitenkarten, alle von anderen Leuten. Die meisten kenne ich gar nicht mehr, aber wenn ich mir tatsächlich eine machen laß, demnächst, dann werde ich wahrscheinlich nur meinen Namen draufsetzen lassen. Das ist am vornehmsten. Nur in der Mitte der Name, ganz schlicht ohne alles. Die Adresse und das Telefon kann ich dann mit der Hand noch draufschreiben. Also irgendein Weg muß da gefunden werden, ich halte nämlich die Blicke nicht mehr aus. Außerdem spricht sich schnell rum: Der hat nicht mal eine Karte. Man kann das alles für übertrieben halten, aber ich empfinde das immer so. Obwohl ich auf der anderen Seite wieder sage, eigentlich ist das alles dummes Zeug, man kann auch ohne Karte Mensch sein, und Duelle, die gibt es ja heute nicht mehr, wo man vorher die Karten getauscht und danach die Klingen gekreuzt hat. Dafür würde ich mir vielleicht noch so eine Karte drucken lassen, für Duelle, ich bin ja Romantiker.

Sagen Sie mal, waren Sie auch schon mal auf der Welt? Also früher! Ist egal, wann und wo. Also so, als wenn Sie damals schon so rumgelaufen wären wie heute. Ich meine, ich habe manchmal so Träume, daß ich ein toller Klavierspieler oder Tänzer war und nur noch Klavier spielen und tanzen würde. Also gar nicht mehr aufhöre, aber das meine ich jetzt nicht, sondern schon mal richtig auf der Welt gewesen zu sein, bei den alten Römern oder in der Steinzeit oder als Graf von Monte Christo. Der Franz Beckenbauer meint, er wäre schon mal als Pflanze auf der Welt gewesen und dann als Tier und jetzt als Mensch, und wenn er noch mal auf die Welt käme, dann würde er gern als Frau auf die Welt kommen. Also dann als Franziska Beckenbauer. Das hat er nicht gesagt, das habe ich jetzt dazu gedichtet. Aber da können Sie mal sehen, was es alles für Möglichkeiten und Wünsche gibt. Wahrscheinlich würde der Frauenfußball erste Bürgerpflicht werden. Warum nicht? Aber das ist jetzt schon die Zukunft. Ich dachte mehr so an früher. Also, was einer oder eine mal war in grauer Vorzeit, sagt man doch immer. Das kann man übrigens genau rauskriegen. War doch neulich so was im Fernsehen, glaube ich. Ich meine, man muß ja nicht alles glauben, aber interessant ist es schon, wenn man plötzlich erfährt, daß man schon mal als Schildkröte im Haushalt Napoleons gelebt hat. Einige waren schon zweimal auf der Welt, einmal als Dienstmädchen bei Pontius Pilatus (Ich wasche meine Hände in Unschuld) und ein andermal als Kurtisane in Frankreich. Sie kennen sicher auch den schönen alten Schlager von Udo Jürgens, »Aber bitte mit Kurtisane«. Die

Ruth Maria Kubitschek war schon zweimal auf der Welt, und die glaubt fest dran, weil sie auch Esoterikerin ist. Was das genau ist, weiß ich auch nicht, aber immerhin, sage ich immer, immerhin schon zweimal und jetzt das dritte Mal auf der Welt. Also wie oft ich schon auf der Welt war, das weiß ich jetzt nicht genau. Ich weiß nur, daß meine Omma immer so leckere Sachen durcheinanderkochte, da war ich aber schon auf der Welt, also gilt das nicht, auch wenn ich noch ganz klein war, weiter kann ich sowieso nicht mehr zurückdenken. Aber es gibt jetzt regelrechte Zurückführer. Die können einem zeigen, was man früher schon mal war, wo man sich rumgetrieben hat, und was man alles verbrochen hat. Da sollen oft ganz schlimme Sachen bei rauskommen. Nee, da glaube ich schon lieber an die Auferstehung und werde dann wieder Kabarettist vom Niederrhein.

Waren Sie heute auch schon aktuell
Oder ist Ihnen was dazwischengekommen?
Haben Sie heute auch schon jemandem die Leviten
  gelesen
Oder die Maske herunter gerissen
Nein?
Dann sind Sie mir aber einer oder eine oder eines.

Ich habe Ihnen, glaube ich, schon mal gesagt, daß ich keinen Führerschein habe und deshalb nicht Auto fahren kann. Und das ist immer noch so. Das ist auch weiter gar nicht schlimm. So daß ich darum bitte, von Beileidsbezeugungen Abstand zu nehmen. Und Sie glauben gar nicht, wie viele Taxifahrer zu mir sagen: »Wie gut, daß Sie kein Autofahrer sind.« Also so gesehen, ist das sogar noch eine soziale Tat, daß ich kein Auto fahre, weil ich keinen Führerschein habe. Denn ich halte damit ja die Droschkenkutscher am Leben. Ja sicher! Obwohl viele von denen inzwischen gar nicht wissen, wo sie hinfahren sollen. Die müssen dann während der Fahrt immer unter E 4 und H 9 nachgucken. Gut, die alten Hasen, die kennen ja die ganze Welt auswendig. Wenn man denen eine Nebenstraße in Budapest sagt, dann sagen die nur: »Alles klar!«, fahren dorthin, warten zwei Stunden und fahren auch wieder zurück. Vorausgesetzt die Nebenstraße ist immer noch da, wo sie früher war. Und es ist irgendwo ein Straßenschild dran. Also, das muß ich jetzt mal sagen: In Deutschland gibt es zu wenig Straßenschilder! Wahrscheinlich gibt es genug, nur ich sehe sie nicht. Ich gucke wie ein Verrückter aus dem Auto; meinen Sie, ich finde ein Straßenschild oder einen Straßennamen. Also, da fährt man so eine lange Straße entlang mit furchtbar vielen Nebenstraßen. Die Nebenstraßen, die haben alle Schilder. Sagen wir mal: Goethestraße, Kleiststraße, Lessingstraße – also Dichterstraßen. Aber die Hauptstraße selbst, die hat gerade mal am Anfang ein Schild: Adenauerallee. Und dann ist Sense! Und wenn du das Schild übersiehst, bist du kilometerlang verloren. Ich weiß, ich bin ein Nörgler. Aber Sie müssen mal selbst drauf achten! Kilometerlang kein Schild!

Da werde ich krank! Und wenn man in einer völlig fremden Stadt ist und sich orientieren will, ist man restlos fertig. Und jedesmal denke ich: An der Ecke, da wird ja wohl ein Schild kommen. Nix! Oder an der großen Kreuzung da vorne. Da ist dann das Schild so weit weg, daß ich den Namen mit bloßem Auge – also mit nacktem Auge, bloß heißt ja nackt, bloß, dazu das Substantiv: die Blöße –, daß ich mit bloßem Auge den Straßennamen nicht erkennen kann. Oder das Schild steht nur auf der entgegengesetzten Fahrbahn, so daß ich mit bloßem Auge nur die Rückseite sehe. Und da steht nichts drauf. Also das muß doch nicht sein. Ein, zwei Schilder mehr, und man weiß, wo man ist. Es ist nicht überall so, aber oft! Jedenfalls da, wo ich ein Straßenschild brauche und suche, da ist keins. Und ich bin schon im falschen Stadtteil und muß noch mal um den ganzen Pudding rum – vielmehr mein Fahrer. Ich fahre ja nicht, ich gucke mir nur nach den Straßenschildern die Augen aus. Da hat einer allein schon genug zu tun. Im Bahnhof manchmal genau so. In manchen Bahnhöfen kommt das Wichtigste viel zu wenig vor! Uhren und Fahrpläne! Also ich sage Ihnen: Es gibt Bahnhöfe, da stehe ich mitten drin und suche und finde keine Uhr. Und dann will ich noch mal nach meinem Zug gucken und nach dem Gleis und finde keine Abfahrtstafel. Und dann sehe ich plötzlich eine, gehe darauf zu. Was ist es? Alles nur für Bahnbusse, S-Bahnen und die in Richtung Lüdenscheid und in Richtung Wetzlar! Da könnte ich also wirklich! Wirklich! Aber ich sage es lieber nicht, was ich da könnte!

Ich muß Ihnen mal was gestehen. Vielmehr, ich muß nicht. Aber ich möchte das mal gerne. Und zwar: Ich habe eine Angewohnheit, die Sie vielleicht auch haben.

Meine Frau versucht immer, mir die abzugewöhnen, wenn wir nach draußen gehen. Also, wenn wir nach draußen gehen, dann schlage ich gern den Kragen hoch – bei meinem Mantel, nicht bei meiner Jacke. Ich weiß auch nicht warum! Aber ich mache das schon automatisch. Und meine Frau sagt dann immer, ob der Kragen unbedingt hochgestellt werden müsse. Ich sage: »Nicht unbedingt, aber ich habe das gern.« So vom Mantel oder auch vom Blouson. Auch wenn schönes Wetter ist. Wenn der Kragen so hochgestellt ist, sieht das irgendwie herber aus, obwohl ich nun wirklich kein Ausbund von herber Männlichkeit bin. Aber deswegen vielleicht! Ich bin doch mehr ein Sammelbecken aller kindlichen Torheiten, die in einem Manne versteckt sind, die in einem ausgewachsenen Komiker vorkommen können. Ich laufe auch ungern nur so in Hemd und Hose rum. Da fühle ich mich immer so unangezogen. Meistens ziehe ich über das Hemd noch einen Pullover mit V-Ausschnitt. Auch wenn die Sonne mir unbestechlich im Nacken sitzt. Ich gehöre zu den Männern, wo die Frauen immer sagen: »Was willst du denn im Winter anziehen?« Worauf ich sage. »Da sage ich ab!« Und wenn ich dann mitten im Sommer auch noch den Kragen hochschlage, gerät meine Frau völlig aus dem Häuschen. Ich finde das einfach schön. So schön locker! Ich würde als Schneider … Also, wenn ich Schneider wäre, würde ich überhaupt nur so Mäntel mit hochgestelltem Kragen machen, die man gar nicht erst runterklappen könnte. Das fände ich wahnsinnig romantisch. So einen Mantel könnte ich mir natürlich nur heimlich kaufen und heimlich tragen, sonst würde meine Frau sofort zum Anwalt gehen. Aber ich mache das ja nicht. Wenn wir im Aufzug fahren, klappt sie mir immer ganz ordentlich den Kragen runter. Das ist das Castrop-Rauxel-Syndrom! Ich sage dann aber nix. Ich bin ja nun mal kein Detektiv! Höchstens als Schauspieler! Und Schauspieler schlagen immer gern sämtliche Kragen hoch. Scharnhorst und Gneisenau übrigens auch. Aber das waren noch andere Zeiten. Und die waren auch keine wirklichen Entertainer. Bei denen ging es nun wirklich um Kopf und Kragen. Damit will ich nix zu tun haben, sondern ich meine das mehr so vom Ästhetischen aus. Obwohl ich mich jetzt schon immer häufiger dabei ertappe, daß ich den Kragen von selbst wieder runterklappe, bevor es meine Frau tut. Freiheit ist ja – glaube ich – die Einsicht in die Notwendigkeiten. Und den Kragen hochzuklappen, ist ja nicht notwendig. Aber runterzuklappen auch nicht. Also ist es eigentlich wurscht! Aber was für mich wurscht ist, ist für meine Frau noch lange nicht wurscht – höchstens wursch wiederwurscht!

Ich weiß ja nicht, ob Sie den Herbst lieben. »Aber es kommt keiner von uns drum herum«, sage ich immer zu meiner Frau. Denn der Herbst ist nicht nur eine Jahreszeit, sondern auch ein Zustand. Denn wenn wir mal Herbst haben, haben wir bald Winter. »Wie heißt doch das schöne Gedicht von mir?« habe ich meine Frau gefragt und gleich zitiert:

»Die Bäume sind bald alle gleich,
ein Hund sucht seinen Herrn.
Die Blätter machen Blätterteich,
das ham wir gern!
Die Welt sieht bald wie London aus,
viel Nebel, sonst nicht viel dahinter.
Ein Mann kauft einen Asternstrauß,
denn übermorgen ham wir Winter!«

Ich meine, so schnell geht es ja nun wieder nicht. Und mit Astern darf ich meiner Frau schon gar nicht kommen. Denn für meine Frau ist eigentlich immer noch Sommer. Und sie lernt immer noch Spanisch! Wir waren in den Ferien nämlich in Spanien. Für Anfänger natürlich. Sie lernt Sätze wie: »Möchten Sie diese Kathedrale kaufen?« »Nein danke, wir wollen einen Olivenhain mieten.« Sie sehen, es ist gar nicht so einfach mit dem Herbstanfang. Denn der Herbst ist ja nicht ein Zustand – wie gesagt –, er ist auch ein Symbol. Die fallenden Blätter und das alles. Die Natur ist müde, fängt an zu gähnen kurz vor dem Winterschlaf. Aber ich habe zu meiner Frau gesagt: »Die Herbstabende sind oft schöner als die Sommerabende. Und zur Feier des Tages höre ich jetzt noch einmal dein Spanisch ab. Also: ›Können Sie mir meinen Friseur färben lassen?‹ ›Wieviel kostet diese Kittelschürze?‹« Und dann antwortet meine Frau: »›Nein danke, ich möchte einen Messerschnitt mit Blick auf das Meer.‹ Was heißt Fleckenwasser auf spanisch?« Und ich antworte dann: »El Quitamanches!« Da können Sie mal sehen, wie gut wir eingespielt sind. In Spanien und im Herbst. Obwohl wir uns in Spanien beinahe noch eine Eiweißvergiftung zugezogen hätten im letzten Moment. Wir konnten ja wieder den deutschen Hals nicht voll genug kriegen mit Austern und Jakobsmuscheln und Venusmuscheln und wie das Zeug alles heißt und schmeckt. Der ganze Langustenkram und so weiter. Ich kann heute noch keinen Fisch sehen. Deswegen ist es auch ganz gut, daß jetzt der Herbst kommt und wir alle wieder endgültig zu Hause sind. Und wenn jetzt die Tage langsam wieder kürzer und die Abende langsam wieder länger werden, nehmen wir unsere Erinnerungen zur Hand, und ich frage meine Frau: »In welchem Gepäckträger wohnen Sie?« Und sie antwortet: »Nein, danke, wir essen aus dem Koffer.« Wie schon gesagt: Der Herbst ist nicht nur eine Jahreszeit, ein Zustand, ein Symbol, sondern auch eine Erfahrung! Und in diesem Sinne wünsche ich allen Ehepaaren der Welt einen guten neuen Herbstanfang! »Möchten Sie von meiner Zahnpaste kosten?« »Danke, Sie haben mir sehr geholfen! Adios!«

Neulich habe ich zu meiner Frau gesagt: »Weißt du, was ich gehört habe?« »Nein«, hat da meine Frau gesagt. »Dann hör mir mal schön zu«, habe ich da gesagt. »Ich habe nämlich gehört, daß jetzt die Frauen die Männer – also ihre Männer – haufenweise ummodeln und der Mann meistens stillsteht und alles stumm über sich ergehen läßt.« Früher war das ja meistens umgekehrt. Da haben die Frauen jahrzehntelang ihre Männer gefragt: Wie möchtest du mich denn haben? Und dann haben die Männer gesagt: So und so und so und nicht anders! Und dann haben die Frauen das anstandshalber gemacht, das heißt, ich war ja nie so! Obwohl, habe ich gesagt, ich gehöre auch nicht zu den Männern, die von ihrer Mutter-Frau alle paar Jahre in den 1. Stock von »Bügel und Kindermann« in die Herrenabteilung gezerrt werden. Dort steht dann der 40jährige Bub an der Hand seiner gnädigen Gattin stumm und steif und kriegt einen neuen Anzug verpaßt. »Paßt! Steht ihm gut, ist preiswert und sehr vorteilhaft!« sagt der Verkäufer. Und der Mann ohne Eigenschaften nickt zu allem. Und dann sagt der Verkäufer auch noch, daß er schon seit Jahren denselben Anzug trüge, und man sei darin immer zeitlos und gut angezogen. Und dann dazu noch irgendein Hemd, irgendeinen Pullover und irgendeine Krawatte. Nicht eine, sondern irgendeine! Man wird sich schon daran gewöhnen! Nee! So ein Mann bin ich nicht! Ich hatte immer meinen eigenen Kopf und meinen eigenen Geschmack und meinen eigenen Stil! »Jaja«, hat da meine Frau gesagt, »so ein Mann bist du nicht! Aber bedenke auch, daß ich es war, die dich an deinen letzten Haaren aus dem Sumpf der totalen Verwahrlosung gezogen hat. Bevor ich dich an die Hand genommen habe, war doch deine zeitlose schwarze Jeanshose grün von tausend Reinigungen. Und die durchgestoßenen Ärmelspitzen deiner zeitlosen Samtjacke mußtest du ständig mit einem schwarzen Filzstift nachfärben, damit die durchgescheuerten Stellen nicht auffielen.« »Ja, schon«, habe ich da gesagt, »aber es war eigenwillig und dekadent. Das muß mir der Neid lassen.« »Ich habe dir doch erst mal beigebracht«, hat da meine Frau gesagt, »daß es auch hellblaue Hemden gibt und nicht nur dunkelblaue, graue und schwarze.« »Jaja«, habe ich da gesagt, »du hast mir deinen eleganten zierlichen Fuß auf meine snobistische Brust gesetzt, und von da an trage ich nur noch weiße Taschentücher ohne Muster. Und wer mich sieht, hält mich für einen ausgekochten Technokraten in Beraterfunktion bei der Deutschen Bank.« »Das wärst du wohl gern«, hat da meine Frau höchst spitz gesagt. »Nun«, habe ich gesagt, »auch der kritischste Geist hat manchmal kommerzielle Gelüste. Immer noch besser als in einer Herrenabteilung dumm rumzustehen und sich alles mögliche widerstandslos verpassen zu lassen.« Nein, ich bin für feinsten, fast unsichtbaren Nadelstreifen. Nicht, weil meine Frau mir den Streifen aufzwingt, sondern weil ich der Typ dafür bin. Was ich eigentlich immer schon gewußt, aber vor lauter Understatement vergessen hatte. »Fein aus der Affäre gezogen«, hat da meine Frau gesagt. »Aber solange du nicht wie ein gestylter Jung-Architekt aus Milano oder wie ein Schlabber-Alibaba mit tausend Bundfalten herumläufst, ist mir das gleichgültig, wer dich umgemodelt hat. Ob ich oder du, Hauptsache: Es gefällt mir, und es steht uns!«

Ich sage ja immer: Man muß fröhlich sein und nicht verbittern! Ich bin morgens immer fröhlich und tagsüber meist auch noch. Nur habe ich in letzter Zeit festgestellt, daß ich furchtbar vergeßlich bin oder werde. Ich lege mir schon meine Briefe direkt vor die Wohnungstür, damit ich auch gar nicht vergesse, sie mitzunehmen. Aber dann vergesse ich, sie einzuwerfen, schleppe die Briefe tagelang mit mir rum. Also, ich sage Ihnen, ich muß mir alles vor die Wohnungstür legen oder an die Klinke hängen, sonst geht das schief. Zehn Sekunden bevor ich aus dem Haus gehe, sage ich mir noch ganz deutlich selbst ins Gesicht: »Du mußt den Brief mitnehmen!« Und lasse ihn zehn Sekunden später auf der Konsole liegen. Nur wenn ich ihn direkt auf den Fußboden vor die Türe lege, so daß ich fast drüber stolpere, dann nehme ich ihn mit – und werfe ihn dann acht Tage später in Hamburg ein. Obwohl er nur nach Köln sollte! Nun frage ich Sie: Was ist das? Also, daß man Kugelschreiber, Filzstifte, Bleistifte und so weiter überall liegen läßt, das ist ja nix Neues, das ist normal! Und daß ich nach Rezept Tabletten und Tropfen aus der Apotheke hole und dann vergesse, sie einzunehmen – das ist gesund! Aber daß ich einen kleinen Zettel mit einer wichtigen Notiz irgendwo hinlege, um ihn später ordentlich abzuheften, und kann ihn nach einer halben Minute schon nicht mehr finden und suche und suche und suche die ganze Wohnung ab und sage dauernd zu mir: »Es ist nicht zu fassen! Es ist nicht zu fassen!« Obwohl es heißen müßte: Er ist nicht zu fassen, nämlich der Zettel! Und dann rekonstruiere und rekonstruiere ich – wie im Krimi! Und plötzlich kommt mir ein Schimmer und ich reiße den Kleiderschrank auf – und da liegt der Zettel, der unverschämte, unter einem Stoß Hemden, weil ich wieder alles auf einmal machen wollte: Nämlich mein Hemd in den Schrank tun, den unflätigen Zettel abheften, die Lotte-Lenya-Biografie auslesen und mir die Fingernägel schneiden. Das geht natürlich nicht! Gott sei Dank fiel mir noch ein, daß ich die Hemden in den Schrank gelegt hatte. Und wenn ich das vergessen hätte, hätte ich den Zettel erst am nächsten Tag gefunden, wenn ich ein neues Hemd gesucht hätte. Und das wäre zu spät gewesen. Denn manchmal stehen ja auf solch einem Zettel die Dinge wie auf des Messers Schneide.

Meine Freunde sagen schon manchmal, ich wärc was für den Analytiker, denn ich hätte den Vollendungszwang! Das wäre also: Wenn man sich die Hände waschen möchte, dann würde man nach der linken Hand gleich mit dem rechten Fuß anfangen! Also, das habe ich eigentlich noch nie gehabt – ungelogen! Oder ich hab's schon wieder vergessen! Als Ansager hat man es manchmal gar nicht so leicht. Nämlich all die Wünsche unterzubringen. Und vor allen Dingen auch die Namen der spanischen oder französischen Texter oder Übersetzer oder Promoter oder Beleuchter und so weiter richtig auszusprechen. Und oft weiß ich zum Beispiel nicht, welchen Text ich bei unserer nächsten Preisträgerin voranstellen soll. Das Programm heißt: Geld macht geil. Also soll ich jetzt übers Geld sprechen oder … öh … Das vorige Programm hieß: Heute wollen wir mal über das Allerheiligste sprechen. Über Gott und die Halbwelt. Denn der Deutsche weiß doch jetzt, wie's geht. Aber ja! Frau Berger ruft, und der deutsche Bergsteiger kommt. Aber ja! Jeder feuert den anderen mit heißen Worten an, bis alle völlig von Sinnen sind. Fetzig! Fetzig! Auf dem Kuschelkissen! Der Werkstatt-Casanova ist out! Früher noch auf dem Küchentisch oder in der Dusche. Jawoll! Die deutschen Mädels stehen auf knackige Pos. Wie macht man das? Wie kriegt man den? Hallo! Tragen Sie einen Tigerzahn am Lederband? Wenn man sich so was um den Hals hängt, hat man Biß! Sie haben es dann mit einem Jägertypen zu tun. Na bitte. Deutsche Männer werden immer besser. Wir wissen jetzt, wie es geht. Und verraten Sie sich nicht mit den Händen. Hände im Nacken – dann sind Sie locker und offen. Gekreuzte Beine schützen den Intimbereich. Und den Daumen am Gürtel – olala –, das ist die klassische Pose für aggressive Sexualität. Eine Hand massiert die andere. Gott sei Dank habe ich ja große Ohren und abstehende dazu. Das ist sehr wertvoll. Wegen dem Faustdicken, was man dahinter hat. Verdammich! Wo ist eigentlich meine herausfordernd vorgereckte Hüfte heute? Ohne herausfordernd vorgereckte Hüfte geht es nicht. Und die geöffneten Lippen erst. Hallo! Heute möchte ich eine geöffnete Lippe riskieren. Ja, wir wissen, wie es geht! Es gibt den kleinen knackigen Po, den birnenförmigen Po, den knochigen Po, den flachen Po und den runden Po. RTL hat sie alle zusammen oder auch nicht. Hände auf den Schoß, Beine in die Hand, sagt man ja auch. Hände in den Schoß, das sind die Faulpelze. Hände runter vom Schoß – Heißa! Nimm mich doch mal in den Arm! Wenn nicht – dann nimm mich wenigstens mal auf den Arm!

Dreh nicht immer deinen Hals nach innen! Denn das heißt: Laß mich in Ruh'! Wo ist denn jetzt mein Becken hingekommen? Es war doch eben noch da! Mein Bekken, das ich doch vorschieben sollte. Bei gespreizten Beinen! Also, wenn man sich nicht alles aufschreibt! Viele Ringe an der Hand heißt: Er hat überall die Finger drin! Ach, ist das eindeutig! Bekennen Sie sich zu Ihrer Glatze? Die Glatze soll das Ebenbild vom Ende Ihres Vervielfältigungsapparates sein, wenn der aufrecht durchs Leben geht. Das ist wahrlich hübsch umschrieben. Oder durchs Zimmer geht, kann man auch sagen. Denn das Leben ist ein bißchen lang. Und wenn dann noch das Parfum oder überhaupt die Düfte stimmen, dann wächst doch die Nation am Wochenende erst recht zusammen. Lustvoll und konfliktfrei! Aber ob das alles und jeden so glücklich macht? Darüber muß ich erst noch mal schlafen!

Sagen Sie mal, haben Sie sich auch Souvenirs aus den Ferien mitgebracht? Also früher, sage ich Ihnen, da waren wir gar nicht zu halten. Da haben wir noch zu Hause die Ferien kräftig weitergefeiert mit all den Souvenirs um uns herum. Ich kann mich noch an die Holzkuh aus Beatenberg erinnern. Wie schwer es uns gefallen ist, die nach zehn Jahren endlich auszusortieren. Aber einmal muß es ja sein. Sonst wachsen einem die Sachen über den Kopf. Die Muscheln und die Trachtenpuppen und so weiter. Sicher, all die Sachen haben natürlich ihre Geschichte. Heute bringen wir nur noch was Vergängliches mit, also Eßwaren, so Schinken und Wein aus der Gegend, also alles, was keinen Platz wegnimmt und nach ein paar Tagen weg ist. Das sind schöne Erinnerungen. Aber sonst, der Koffer ist doch auf der Rückfahrt sowieso immer schwerer als auf der

Hinfahrt, weil ich noch ein paar Sandalen haben mußte und meine Frau sich so einmalige Pumps, wie heißen die Dinger noch, Rocko-Barocko, gekauft hat. Aber sonst – nix! Was ich neuerdings mache, obwohl das auch Blödsinn ist, aber was ist heutzutage kein Blödsinn, wollen wir doch mal ehrlich sein, unter uns gesagt, ich bewahre mir Kleinigkeiten eine Zeitlang auf. Sagen wir mal, zwei Zahnradbahnkarten oder Seilbahnfahrkarten mit Datum drauf. Da weiß ich dann immer ganz genau, das war an dem Dienstag gegen Abend, wo wir mit der Seilbahn von Montecatini Therme nach Montecatini Alto raufgefahren sind und haben auf dem Perron gestanden und von da aus fast die ganze Toskana fotografiert. Das behalte ich dann ganz genau. Und abends haben wir in Montecatini Alto leckere Crostini gegessen. Das ist eine toskanische Spezialität. Lecker sage ich Ihnen, so was von lecker, aber das hängt alles mit den zwei Seilbahnfahrkarten zusammen. Die Biglietti. Ich kann ja nicht viel Italienisch, ich kann buon giorno, Guten Tag, und basta così, das heißt: Jetzt reicht's. Also beim Essen. Und die Flugscheine bewahre ich auch alle auf. Ich schmeiße die spätestens nach zwei Jahren weg. Aber jetzt sind sie noch so schön nah, die Erinnerungen. Und dann fällt mir auch immer ein, daß ich bereits auf dem Hinflug denke, daß schon bald der Tag kommt, an dem ich zurückfliege. Das ist natürlich dummer Quatsch, sage ich mir dann. Jetzt wird erst mal hingeflogen. Aber es geht ja alles so schnell vorbei, sage ich Ihnen, und gerade deswegen sind diese zwei Seilbahnfahrkarten so wahnsinnig wertvoll. Und ich behalte sie auch noch ein bißchen. Wie lange weiß ich noch nicht, so vierzehn Tage vielleicht, die nehmen ja keinen Platz weg, und man kann sie überall mit hinnehmen und auf Verlangen vorzeigen, wenn es drauf ankommt. Also das habe ich mir nun mal so angewöhnt, daß wenn ich ein Fremdwort nicht weiß, ich entweder zu Hause im Lexikon nachgucke, oder sofort mein Gegenüber frage: »Was heißt das?« Da gebe ich mir gar keine Blöße. Nix. Auch wenn mich der andere für dumm und dämlich hält, das ist mir völlig wurscht. Erstens kann man doch nicht alles wissen und zweitens, Bildung und Bildung sind sowieso zwei Paar Stiefel. Gucken Sie mal, ich habe damals auf dem Gymnasium neun Jahre Latein gehabt, gut, kann ja nicht schaden, wenn man mal nach Italien fährt oder wegen der Logik. Eine Blume, so wie Rosana Lupa mixta, das habe ich einfach mal erfunden, das heißt genau Gemischte Wolfsrose, kommt nur in Sibirien vor. Bei all diesen Namen in den Zoologischen Gärten kann man sich mit Latein schon ein bißchen helfen. Cave Canem, Hüte dich vor dem Hund, und so. Ich habe schon oft gedacht, wie gut, daß du doch Latein gehabt hast, auch in der Musik zum Beispiel, wie Ritardando, das heißt die zögernde Rita, meist am Schluß von den Musikstücken. Aber die Errungenschaften in der Wissenschaft, die verstehe ein anderer, da verstehe ich so gut wie nichts. Da waren auch die neun Jahre Latein für die Katz, und neulich hat sogar ein Präsident der Ärztekammer gesagt: »Nicht vor dem Doktor kuschen und den Mund halten«, sondern so lange fragen, bis man alles verstanden hat. Aber machen Sie das mal. Da sitzen sie noch nachts um 24 Uhr im Wartezimmer, obwohl es ja richtig ist nachzufragen. Mein Vater hat immer gesagt, als ich noch in der Schule war: »Wenn du was nicht verstanden hast, dann mußt du den Lehrer fragen.« Aber das hat man sich doch gar nicht getraut, und das ist bei den Ärzten genauso. Viele Patienten wissen oft gar nicht, was sie haben, weil sie, wenn sie fragen, mit einem Lateinisch-Chinesisch überschüttet werden. Und da tritt sofort ein kleiner Ulcus Bulbus Duodeni in Erscheinung, vielleicht auch eine Toxoplasmose abdominal oder cerebral, vielleicht auch eine Zoonose, ist ja egal. Der kleine ängstliche Mensch jedenfalls sitzt oder liegt vor dem großen Onkel Arzt und weiß gar nicht, wie ihm geschieht und traut sich nicht, ganz einfach zu sagen: »Was heißt das, was ist das?« Der Doktor würd's ihm schon sagen, aber, wie wir alle gelernt haben, er will zuerst gefragt werden. Ganz früher waren doch der Herr Pfarrer und der Herr Doktor und der Herr Lehrer im Dorf die Heiligen Drei Könige, und alle lagen vor denen auf dem Boden. Und was der Arzt sagte, war wie das Neue Testament, auch wenn man nichts verstand oder gerade weil man nichts verstand, und je mehr man nichts verstand, desto größer war die Ehrfurcht vor den Dreien. Fragen ist die erste Bürgerpflicht. Jawohl! Solange bis der Onkel Doktor mit seinem Latein am Ende ist und ein klares, gepflegtes, aber gemütvolles Deutsch spricht.

Wissen Sie, was ich so gern mal möchte? Manchmal denke ich mir, es wäre doch schön, wenn ich auch mal auf eine Briefmarke draufkäme. Na, was sagen Sie jetzt? Eitel! Ich habe mir gedacht, warum nicht? Jeder von uns kommt mal auf eine Briefmarke, nicht für immer, sondern nur für drei Monate, es soll jeder drankommen, also immer abwechselnd, und das ist dann der allerhöchste Status, wenn man nicht mehr zu sagen braucht: »Ich habe ein Autotelefon«, sondern als Mann von Welt sagt: »Ich bin auf einer Briefmarke!« Aber wie gesagt, jeder müßte drankommen, sonst gibt das auf die

Dauer böses Blut, und das will man ja nicht. Jetzt geht das ja schon mit den Handys los! »Haben Sie schon ein Handy?« »Noch nicht, aber ab nächster Woche.« »Wir haben schon zwei, eins für oben und eins für unten, da müssen wir nicht dauernd rauf- und runterlaufen.« Also das Handy wird demnächst erste Bürgerpflicht, und dann kommt das Autotelefon und dann die Briefmarke. Ich würde mir stundenlang ein schönes Foto machen lassen und dann briefmarkengerecht verkleinern. Aber ich habe gehört, daß unsere Post sehr heikel ist und sagt: In unserem Land ist eine Briefmarke auch ein Informationsträger, sie soll eine Botschaft vermitteln. Das sagen die wörtlich. Also nun weiß ich bis heute nicht, ob ich ein Informationsträger bin, ich weiß auch nicht, ob ich so aussehe und eine Botschaft vermittle. Ich glaube, da bin ich schon zu alt für, aber ich würde mir die Haare, vielmehr was davon noch übrig ist, schön schneiden lassen und vielleicht so ein Äuglein kneifen auf der Briefmarke, obwohl sie auf der Post ja sagen, es müßte da ein aktuelles oder historisches Thema von weitreichender Bedeutung vorliegen, und so weitreichend bin ich ja nun nicht, will ich auch gar nicht sein, ich will nur einmal auf eine Briefmarke drauf. Ich habe ein Foto, auf dem sehe ich aus wie der Preußische Finanzminister a. D. von 1929. Das Foto könnte man doch nehmen, Therese Giehse haben sie auch genommen, und die sah auch nicht weitreichend aus. Ist ja sicher manchmal auch Schiebung, wie überall. Und da reden auch noch Grafiker in so einem Fachgremium mit, und da hat unsereiner natürlich gar keine Chance. Aber ich sage immer: Ich bin das Volk, das Volk bin ich, und ohne meine Steuern geht nichts. Nein wirklich, das muß man sich nur mal klarmachen, ohne unsere Steuern geht nichts, also könnte man doch mal jeden, wie gesagt immer abwechselnd, auf eine Briefmarke drauftun. Aber die haben immer faule Ausreden. Vielleicht kaufe ich mir doch noch so ein Handy oder ein Autotelefon. Da könnte ich wenigstens mitreden. Aber auf einer Briefmarke, da brauche ich gar nichts zu sagen und bin doch unter Menschen.

Ich habe neulich wieder mal meinen Lieblingsfilm »El Cid« gesehen. Ich weiß nicht, ob Sie den auch kennen. Also wunderbar! Neulich wieder! Ich habe Filme, die kann ich zehnmal sehen. Und die büßen nix von ihrer Wirkung bei mir ein, wie zum Beispiel »French Connection«, in zwei Teilen! Den Film kann ich noch hundertmal sehen. Aber »El Cid« mit dem Dings und dieser einen schönen Frau, na wie heißt die? Sophia Loren! Also, da dürfen Sie mir mit dem ganzen psychologischen Kram, mit dem ganzen Sadomasochistischen Zeug, damit dürfen Sie mir nicht kommen. Die ganzen bizarren Dinger! Wie hieß der doch, vor einiger Zeit, wo die tote Frau noch einmal aus der Badewanne hochsprang, da ist mir der »El Cid« lieber, der mit dem einen um die Stadt Chalahora kämpft und am Schluß tot auf dem Pferd angeschallt ist, vor Valencia! Ich weiß nicht, ob Sie sich in der Kante ein bißchen auskennen. Wo der junge König dann ganz laut gerufen hat: »Für Gott! Den Cid! Und Spanien!« Und wie alle Mauren dann einen furchtbaren Schrecken gekriegt haben, weil der tote Cid auf dem Pferd saß, und wie alle ins Meer gelaufen sind, vor Valencia, an der Küste! Wunderbar! Aber da habe ich noch gedacht: Die Spanier, kannst du mal sehen, retten das Abendland. Obwohl sie immer noch den Stierkampf haben! Schrecklich! Ich meine, das soll ja Philosophie sein, hat man mir gesagt, also so

Auge in Auge, Zahn um Zahn. Also, ich weiß nicht! Denn der Stier, der wird doch vorher schon so fertiggemacht, daß gar keine Philosophie mehr möglich ist. Jetzt haben sie in Westspanien schon mal zwei Tierquälereien abgeschafft, und zwar das »Hahnenrennen« und den »Ziegensprung«! Haben sie jetzt endlich abgeschafft! Und zwar beim Hahnenrennen, da werden die Hähne mit dem Kopf nach unten an Drähten aufgehängt, und die Reiter müssen dann den Tieren im Galopp den Kopf abschlagen. Und beim Ziegensprung wird eine Ziege vom Kirchturm geworfen. Ich weiß jetzt nicht, ob das Tradition oder Brauchtum ist. Vielleicht ist das auch noch von den Mauren übriggeblieben. Obwohl es auch noble, sehr noble Edelleute gegeben hat, wie man in dem Film »El Cid« sehen kann! Eigentlich müßte doch der Spanier viel zu stolz sein, den armen Tieren so was anzutun! Bei uns setzen sie die Tiere aus oder tun sie einfach in die Mülltonne! Dafür hat nun der Cid das Abendland gerettet, vor Valencia, auf dem Pferd! Der hatte auch schon zwei Kinder mit der Sophia Loren. Also nicht im Leben, sondern im Film. Sie war ja die Tochter des Schwertführers des Königs. Ich interessiere mich schließlich für Europäische Geschichte! Und wenn die Spanier jetzt noch aufhören würden, die Stiere umzubringen, würde ich sagen: Schwamm drüber! Auf nach Chalahora!

Abwechslung muß sein wissen Sie
Abwechslung ist das halbe Leben
Sagte ein dänischer Prinz
Als die Wikinger seine Burg stürmten.

Wissen Sie, was ich neulich gelesen habe: Socken sorgen für Ehekrach! Und zwar, wenn die Socken des Ehemannes irgendwo herumliegen, soll das jede dritte Ehefrau zur Weißglut bringen. Also das kann bei mir gar nicht passieren. Im Gegenteil! Bei mir ist es umgekehrt. Ich schmeiße die Socken nicht einfach so in der Gegend rum, sondern die gebrauchten Socken knote ich oder flechte ich zusammen und ab in die Wäsche, und dann sagt meine Frau jedesmal: »Warum machst du denn die Socken immer so zusammen? Zum Waschen muß ich sie ja doch wieder auseinanderklamüsern.« »Ja«, sage ich, »weiß ich auch nicht. Der Mensch ist ein Gewohnheitstier, und vor allen Dingen fliegen die Socken dann nicht so rum.« »Ja, aber du mußt doch einsehen«, sagt dann meine Frau, »daß das eigentlich Blödsinn ist.« »Kann schon sein«, sage ich dann, »daß das blöd ist, aber es ist nun mal so.« »Jedesmal ziehst du die Socken zusammen, und ich muß sie wieder auseinanderziehen, das ist doch ein Arbeitsgang zu viel!« »Ja sicher«, sage ich, »ich verstehe das ja auch, du brauchst gar nicht so dezidiert zu sprechen: ›Das ist ein Arbeitsgang zu viel!‹ Ich habe das schon kapiert, daß ich ein bißchen blöd bin. Aber bei mir ist eine Socke auch nur ein Mensch, und den läßt man doch nicht so einfach rumliegen. Eigentlich müßtest du mir dankbar sein, daß ich die Socken zusammenmache, denn die meisten Männer lassen sie einfach so in der Gegend rumliegen, und das bringt jede dritte Frau zur Weißglut.« »Ich bin nicht jede dritte Frau«, hat da meine Frau gesagt, »ich bin deine Frau.« »Das ist auch gut so«, habe ich da gesagt, »und ich bin dein Mann, der dir die herumliegenden Socken vom Halse halten will, indem er sie zusammenflechtet. Das kommt bei dir ja fast wie ein Verbrechen an, obwohl die zusammengeflochtenen Socken garantieren, daß sie beide echt zusammengehören, während die herumliegenden Socken leicht völlig durcheinander geraten.« »Das ist doch erst der Arbeitsgang nach dem Waschen«, sagt meine Frau, »das Sortieren, und dann erst das Zusammenmachen!« »Also, ich weiß nicht«, sage ich, »es bleiben jedesmal doch drei einzelne übrig, die zu keiner anderen Socke passen, das sind die ärmsten Socken, die ich mir vorstellen kann.« »Siehst du«, sagt dann meine Frau triumphierend, »das Zusammenziehen der Socken vor dem Waschen hat also gar nichts genützt.« »Kann auch nicht«, sage ich dann, »wenn du sie beim Trocknen bis in die sibirische Taiga schleuderst, und was eine richtige Socke ist, die fliegt sogar noch weiter.« »Jetzt hebst du ab «, sagt dann meine Frau. »Ja«, sage ich, »manchmal möchte ich eine kleine Socke sein, die nach Helgoland fliegt. Aber natürlich mit dir zusammengeflochten.«

Neulich haben wir wieder was erlebt! Also, ich sage Ihnen, man versteht die Welt nicht mehr! Wir waren in Berlin, was einkaufen. Also nicht extra deswegen hingefahren, wir waren sowieso in Berlin und wollten dann für meine Frau ein paar Schuhe kaufen, und ich gehe immer mit, weil sie sich dann sicherer fühlt, wegen dem Geschmack. Nun gehört meine Frau zu den Menschen, die in ein Geschäft reingehen können und, ohne was zu kaufen, auch wieder rausgehen können. Das kann ich nicht. Das habe ich Ihnen, glaube ich, schon mal erzählt. Ich schaffe das nicht, obwohl es Blödsinn ist. Ich kaufe dann wenigstens einen Knopf, also Kurzwaren, aber völlig ohne was Gekauftes rausgehen kann ich immer noch nicht, obwohl ich doch schon so alt bin. Sicher, in einem Supermarkt, in so einem großen Dingsda, da gehe ich auch schon mal raus, ohne was gekauft zu haben. Einfach nur mal so gucken. Aber da habe ich immer das Gefühl, daß mir, wenn ich durch das Gatter rausgehe, einer nachruft: »He! Sie, kommen Sie mal zurück! Ja, Sie! Kommen Sie mal her! Zeigen Sie mal Ihre Taschen! Drehen Sie mal Ihre Taschen um! Legen Sie mal alles auf den Tisch da! Alles klar. Danke schön. Glück gehabt.« Ich meine, das ist mir noch nie passiert, aber ich bin ein bißchen paranoid, unter uns gesagt, und jedesmal, wenn ich aus einem großen Kaufhaus rausgehe, sehe ich den Hausdetektiv hinter mir herlaufen. Meine Frau ist da völlig anders. Wir waren in Berlin wegen der Schuhe, wie gesagt, und da standen wir in einem Laden rum, der bestand aus zwei Teilen, Vorderteil und Hinterteil, und im Hinterteil saßen drei Damen und eine Kundin rum und dazu noch ein Dobermann. Und da lief mir schon der Angstschweiß aus allen Nähten, und ich wollte eigentlich sofort wieder gehen, denn wenn Hunde merken, daß man Angst hat, werden die noch aggressiver, besonders so Dobermänner und Doberfrauen. Die drei Verkäuferinnen in dem Hinterteil des Ladens kümmerten sich kein bißchen um uns, und wir standen da rum, und nichts passierte. Nur der Dobermann guckte schon so, als wollte er sagen, einen Schritt weiter und ich werde ungemütlich. Und so standen wir mindestens gute fünf Minuten rum. Nichts passierte. Und da bin ich zum erstenmal mit meiner Frau aus einem Laden raus, ohne was zu kaufen, sonst hätte ich wenigstens noch einen Schuhriemen gekauft, aber es gibt eben Geschäfte, wo einem ständig gezeigt wird, daß man unsereinen nicht nötig hat, und da muß man dann auch zurückzeigen, daß man auch woanders Schuhe kaufen kann, wo keine Dobermänner und Doberfrauen rumlaufen. Wie oft habe ich mir schon was gekauft, was mir gar nicht stand oder gar nicht paßte, nur um dem Verkäüufer oder der Verkäuferin einen Gefallen zu tun. Damit ist jetzt Schluß. In Berlin habe ich das gelernt.

Eins muß ich ja mal sagen oder vielmehr gestehen: Ich gehöre zu den Männern, bei denen die Frauen immer sagen: »Wenn man nicht alles selbst macht!« Obwohl das – unter uns gesagt – völliger Blödsinn ist! Weil sich das so anhört, als könnte ich überhaupt nichts. Und das stimmt ja nun nicht! Ich meine, selbst wenn es stimmen würde oder stimmen könnte oder stimmen sollte, irgend etwas kann jeder Mensch ganz für sich allein. Und wenn es essen und trinken ist und so weiter! Hier würde meine Frau natürlich sofort wieder einhaken und sagen: »Als erstes denkt er schon wieder ans Essen und Trinken, anstatt sich mal einen Knopf selbst anzunähen.« »Jaja«, sage ich dann immer. Ich weiß schon, was jetzt wieder kommt: Und zwar die Geschichte, wenn ich mal alleine in der Wüste wäre und weit und breit kein Baum, kein Mensch. Und es geht mir ein Knopf vom Mantel ab in der Wüste. »Was willst du denn dann machen? Da kannst du auch nicht einfach wie zu Hause sagen: ›Kannst du mir mal den Knopf annähen!‹« Nein, selbst ist der Mann! »Bügeln hättest du auch längst schon mal üben können.« »In der Wüste?« »Nein, hier zu Hause bei uns am heimischen Herd!« »Auf dem heimischen Herd meinst du wohl!« Also, ich sage Ihnen. Wenn ich nicht all diese Dinge pfiffig mit einem zwinkernden Auge fröhlich begleiten würde, da hätte ich nichts zu lachen, was die

Aufarbeitungsphase für willige und freiwillige Männer betrifft. Meine Frau schiebt dabei auch noch immer alles auf meine Tanten, die damals aus mir, dem träumerischen niederrheinischen Beamtenkind einen nichtsnutzigen weltfremden Hampelmann gemacht hätten. Und mich ihr einfach überlassen hätten. Nee! Da mache ich schon lieber alles selbst. Nicht mal ein Paket kann er packen! Obwohl das gar nicht stimmt. Ich kann sehr wohl ein Paket packen. Nur dauert es halt bei mir ein bißchen länger! Ich meine, ich könnte vor Weihnachten zum Beispiel nicht in einem Kosmetikgeschäft mit tausend Paketen mit Flitter und Flatter, Kringelchen und Pingelchen als Aushilfe eingestellt werden. Das nun nicht! Aber wenn man mir zwei Tage Zeit gibt, dann schaffe ich das auch. Aber ich möchte das natürlich auch mal umgekehrt betrachten: Es gibt auch Dinge, wo ich leider sagen muß: Wenn man nicht alles alleine macht! Worauf ich ursprünglich auch hinauswollte! Ich werfe zum Beispiel einen Brief, den ich selber geschrieben habe, auch selber ein. Dann weiß ich wenigstens, daß er fort ist. Wenn ich den einem anderen mitgebe, weiß ich das nicht. Genauso ist das mit dem Mitbringen! Meistens kriegt man doch nicht genau das mitgebracht, was man sich vorgestellt hat. Das heißt also, beim nächsten Mal macht man wieder alles selber! Wenn doch alles nicht klappt! Wenn doch alles nicht stimmt! Wenn doch alles drunter und drüber geht! Da mache ich doch lieber alles alleine! Da weiß ich doch, wo ich dran bin! Und: Meine eigenen Fehler mache ich lieber selber!

Haben Sie sich auch schon mal liften lassen? Es braucht ja kein Mensch zu wissen! Unter uns gesagt, ich auch nicht! Nun ist es bei Männern sowieso nicht so dringend. Denn Männer müssen nicht schön, sondern nur ausdrucksvoll aussehen. Und da sind ein paar Falten manchmal ganz gut. Manche haben ja nur Falten. Wie der eine Schauspieler – der ist leider schon tot! Wie hieß der doch? – Spencer Tracy! Der war doch so lang mit der Katharine Hepburn zusammen, nicht verheiratet! Der hatte auch das ganze Gesicht voller Falten. Charakterfalten, sage ich immer. Ist doch nichts Schlimmes! Ja, so ist das Leben! Man kann doch mit 40 oder 50 nicht mehr so aussehen wie ein Babypo! Oder mit 70 oder 80 wie ein Teenager! Ich meine, wer's braucht: gut! Der soll sich das ruhig machen lassen. Mutter Natur läßt sich auf die Dauer doch nichts vormachen! Aber es sollen sich bei uns hier in Deutschland jedes Jahr rund 140 000 Frauen und 40 000 Männer unter das Schönheitsmesser begeben, um noch schöner zu werden, als sie schon schön sind! Jetzt haben sie in Amerika den allerletzten Schrei erfunden: Da kann man sich für 2000 Mark mit Silikon die Lippen aufpumpen lassen! Also ich sage nur: »Die Welt ist verrückt! Jeder Mund ein Schmollmund!« Nee! Da fängt ja die Langeweile schon an, wenn ich nur noch Schmollmünder sähe. Ich will es mal so sagen: Es kann jeder machen, was er will. Aber das Gesicht – sage ich immer – soll doch der Sitz der Seele sein, und das ist eigentlich was ganz Feines, was man meist im ersten Moment gar nicht sieht! Erst wenn man länger hinguckt, kommt doch die Seele, also der ganze Mensch, in dem Gesicht zum Vorschein! Ich weiß nicht genau, ob das stimmt, aber ich sage das mal so! Und da kann man doch eigentlich nichts dran rumschneidern oder aufpumpen! Sonst ist doch die Seele futsch! Der Mensch ist dann nur noch eine Puppe. Ich wollte nicht den Philosophen spielen. Aber schadet nichts! Es kommt nicht darauf an, wann man etwas sagt, sondern wie man etwas sagt! Wer sich seinen Hals über die Nase ziehen will und den Apfelsinenoberschenkel über die Schulter... Nur zu! Ich habe nichts dagegen! Nur finde ich es nicht schön! Und um die Schönheit soll es schließlich gehen! Am schönsten finde ich nach wie vor Frauen, die schon fast 60 sind mit wunderbaren Lebensfalten! Tragen immer noch einen Zopf und tanzen auf Zehenspitzen, als gingen sie noch in die Sonntagsschule! Und die sind jünger als alle Madonnas zusammen!

Ach was wären wir Männer
Wir Sucher und Spinner
Phantasten und Grübler
Ohne unsere geduldigen Frauen

Unser Höhenflug
All unsere Sprünge und kindischen Spiele
Wären doch bald ein dummes Geschwätz
Säße nicht jemand daneben
Der in den Schlaf uns nimmt

Kommen wir heim
Erschöpft und mit Trauer bekleidet
Wird doch die Küche zum Festsaal
Und Liebe leuchtet durchs Leben hindurch

Wenn wir in diesem Jahre eines Dichters gedenken
Und seine Verse uns schenken
Was er an Weisheit uns bot
Vergessen wir oft die Frau
Die den Meister wohl sehr genau
Wohl am genauesten kannte
Als »Bettschatz« noch heute mokant belächelt
Goethes Christiane
Das kleine Naturwesen
Wie man sie nannte

Früh schon für den Unterhalt
Der eigenen Familie gesorgt
Als Arbeiterin in der Blumenfabrik
Den Bruder gefördert
Armut gelernt

Dann dem Dichter über den Weg gelaufen
Der dachte

»Ich wünsche mir eine hübsche Frau
Die nicht alles nähme zu genau
Doch aber zugleich am besten verstände
Wie ich mich selbst am besten befände.«

Einen Knicks gemacht
Und den Dichter um Hilfe für ihren Bruder
Gebeten

So fing es an

Und wer hat dem Meister dann sein Lieblingsessen gekocht
Wer hat ihn in bitteren Stunden zu trösten vermocht
Wer hat das Geld umsichtig klug verwaltet
Wer hat die Feste für Gäste gestaltet
Im Hause am Frauenplane
Goethes Christiane

Wer hat die Familie zusammengehalten
Wer wußte stets frohes Zusammensein zu entfalten
Wer fuhr nach Frankfurt viele Meilen
Um den Nachlaß der Schwiegermutter aufs Beste zu teilen

Wer hat all das trotz Neidern und Spöttern gewagt
Wer hat »Wolfgang, du mußt dich jetzt schonen« gesagt

Und wenn manchmal nicht alles zum Besten schien
Wer hat ihm romantische Episoden verziehn
Im Hause am Frauenplane
Goethes Christiane

Goethe Die Pflanzen Die Farben Der Faust
Das Genie der Minister wie hält man das aus
Christiane mit wenigen Ausnahmen immer zu Haus
Wenn der Dichter auf Reisen ging
Und seine Verse bei andern fing

Wer hat ihn vor der Soldateska beschützt
Wer hat ihm bei der Theaterarbeit oft genützt
Und ihm das Dichten leicht gemacht
Und ihm sicher auch einmal die Meinung gesagt
Im Hause am Frauenplane
Goethes Christiane

Wer hat den Garten zum Paradies gemacht
Wer hat mit ihm gescherzt und gelacht
Wer hat gegen allen Tratsch einfach durchgehalten
Und immer von neuem begonnen
Und selbst Schopenhauers Mutter zur Freundin
   gewonnen

Wer hat ihm fünf Kinder geboren
Und vier sind schon ganz jung gestorben
Wer hat sich an ihn zur Gänze verloren
Und nichts ist dabei verdorben
Im Hause am Frauenplane
Goethes Christiane

»Doch was im Garten
Am reichsten blüht
Das ist des Liebchens
Lieblich Gemüt«

In der Früh um viere begraben
Gestorben an Urämie
Das ist Blutvergiftung
Durch Nierenversagen
Nun wer denkt schon in diesen Tagen
– von der höfischen Herrschaft
Den eitlen Geistern und Schranzen
An ihrer Spitze die Frau von Stein
Lange verlacht und verleumdet –
An das ungebildete Mädchen aus der Fabrik

»Der menschliche Zustand ist so hoch in Leiden und Freuden
Gesetzt, das gar nicht berechnet werden kann, was ein paar
Gatten einander schuldig werden. Es ist eine unendliche
Schuld, die nur durch die Ewigkeit abgetragen werden kann.«
Sagt Goethe
Schreibt Goethe

Zusammenfassend das Gelassene und das Getane
Gedenken wir auch besonders in diesem Jahr
Seiner Christiane.

Es hat gar keinen Zweck, daß ich mir einen Schirm kaufe. Das ist völliger Unsinn! Rausgeworfenes Geld! Und das hat mir meine Frau neulich noch einmal laut und deutlich bestätigt. »Es hat keinen Zweck!« hat sie gesagt. »Daß man dir einen Schirm kauft!« Und dann hat sie noch gesagt: »Es hat keinen Zweck, daß man diesem Mann« – und hat mit dem rechten Zeigefinger auf mich gezeigt –, »daß man diesem Mann einen Schirm kauft!« Und wenn sie so etwas sagt, ist es für mich immer am besten, wenn ich in die gleiche Leier einfalle und mitsinge. »Es hat wirklich keinen Zweck, daß ich oder daß man mir einen Schirm kauft!« »Und warum?« hat dann meine Frau gefragt. »Ja«, habe ich gesagt, »weil ich den Schirm immer stehen lasse.« »Richtig«, hat darauf meine Frau gesagt. Das ist bei uns schon ein klassischer Dialog. Es fängt immer damit an, daß ich alles eingestehe und zugebe. Daß es also keinen Zweck hat, mir einen Schirm zu kaufen. Und meine Frau wiederholt dann das Ganze noch mal, und dann steige ich wieder ein und gebe ihr recht. Was bleibt mir denn anders übrig? Denn es ist ja nun mal so! Da kann ich mich nur mit der berühmten Flucht nach vorn retten und klein beigeben. Denn wie viele Schirme ich schon habe stehen- oder liegenlassen, das hängt schon mit gespaltenem Interesse zusammen. Deshalb sage ich auch immer: »Kaufe mir nur Schirme für neun Mark fünfzig, weil ich genau weiß, der ist in drei Wochen weg, doppelt weg!« Erstens lasse ich ihn im Café stehen, und wenn ich dann zurückgehe und nach dem Schirm frage, ist er zweitens schon nicht mehr da! Und alle sagen: »Ach, das war Ihrer! Der schöne Schirm mit dem Automatic-Knopf zum Aufgehen!« Ich habe immer gesagt: »Bitte, keine wertvollen Schirme! Ich kann dafür beim besten Willen nicht die Verantwortung übernehmen.« Da kann ich mich nämlich noch so zusammenreißen und mir vorher ständig ins Gesicht sagen: Vergiß den Schirm bitte nicht! Denk bitte an den Schirm! Bitte, laß den Schirm nicht im Stich! Aber da hilft keine Bitte und kein Danke. Ich lasse Schirme überall liegen, hängen, stehen! Neulich wieder im Eilzug! Den Schirm schön in das Gepäckregal gelegt, gleich gesagt, du mußt an den Schirm denken! Nichts! Ich steige aus, ein Freund holt mich mit dem Auto ab, geredet und gefahren, und als ich ausstieg und es regnete, war mir ruckartig alles klar: Der Schirm – der Weihnachtsschirm von meiner Frau, mit Automatic-Knopf fürs Aufgehen – war nicht mehr in meiner Hand! Och, dachte ich noch, der kommt nicht weg, den nimmt keiner! Erste Klasse, mutterseelenallein! Ich abends zum Fundbüro, Riesenantrag mit genauer Lokalisierung ausgefüllt! »Sie bekommen von uns Nachricht!« Das ist jetzt acht Wochen her! Und meine Frau sagte: »Es hat nun mal keinen Zweck, dir einen Schirm zu kaufen, geschweige denn zu schenken!« Und dann habe ich noch gesagt: »Geschweige denn aufs Fundbüro zu gehen!« Es hat bei mir wirklich keinen Zweck!

Sind Sie manchmal auch farbenblind? Ich muß wirklich farbenblind sein. Sagt meine Frau auch immer. Habe ich Ihnen, glaube ich, schon mal erzählt. Ich kann ja kein Graubrot von Schwarzbrot unterscheiden. Ich kann oft dunkelblau von schwarz nicht unterscheiden. Ich muß immer ans Tageslicht gehen, um das zu erkennen, weil man schwarz nicht so ohne weiteres zu blau tragen kann. Da müßten Sie mal meine Frau erleben, wie die sich aufbäumt, wenn ich mal aus Versehen blau zu schwarz anziehe. Weil ich ja nicht blind bin, wie gesagt, nur farbenblind, und immer ans Tageslicht gehen muß. Sie glauben gar nicht, wie viele Menschen täglich ans Tageslicht gehen müssen in Bekleidungsgeschäften, um die richtige Farbe zu erkennen. Tausende, die Dunkelziffer jetzt mal nicht mitgerechnet. Meiner Frau paßt sogar manchmal blau zu blau nicht und sagt dann: »Du hast ja drei verschiedene Blaus an.« »Ja und«, sage ich, »warum nicht. Das nennt man Ton in Ton und macht schlank.« Aber in dem Zusammenhang, was ich Ihnen eigentlich erzählen wollte… ich komme mal wieder vom Hölzchen aufs Stöckchen… kennen Sie eigentlich auch diese Aubergine-Kühe? Nun sagen Sie nicht gleich, daß Sie davon keine Ahnung haben. Das sind diese auberginefarbenen Kühe. Nein wirklich, in der Schweiz laufen die haufenweise rum, sogar auf über 2000 Metern stehen die da einfach so rum. Auberginefarben, die haben so eine ganz samtige Haut oder Fell, sagt man ja, ganz samtig, und das changiert dann auch noch so in der Sonne, und zwar immer so, daß es eine Mischung aus lila, grau und braun ist, also richtig aubergine. Aber wem auch immer ich das, schon seit Jahren, erzähle, alle haben keine Ahnung. »Auberginefarbene Kühe?« »Ja«, sage ich, »das sind ganz kleine Kühe, fast Kälbchen, ganz süß mit ganz großen Augen, ein bißchen vorstehend, also fast Basedow, das hängt wohl mit der Schilddrüse zusammen.« Ob Kühe eine Schilddrüse haben, weiß ich zwar nicht, aber die Hautfarbe ist aubergine, und das glaubt mir kein Mensch. »Ja«, sage ich, »die habe ich schon x-mal gesehen. Ihr habt ja keine Augen im Kopf. Ihr kennt nur schwarz-weiß und braun-weiß, aber die sind richtig aubergine und ganz kleine Kühe. Das sind die Appenzeller unter den Rindviechern. Und die sind lila, grau und braun. »Wir können ja mal eine Kuh ans Tageslicht gehen lassen, dann werden wir sehen, was die für eine Farbe hat. Im Schaufenster sieht sowieso alles anders aus als bei Tageslicht. Nur so eine Kuh kann man natürlich nicht umtauschen, aubergine schon gar nicht.

In letzter Zeit wird ja furchtbar viel von Energie gesprochen. Hier muß ich gleich sagen, von der Energie habe ich immer die Finger gelassen. Ich kann zum Beispiel kein Auto fahren. Nicht daß ich zur Zeit keinen Führerschein hätte wegen der permanenten Trunkenheit, nein, ich kann nicht fahren, ich habe damals verpaßt es zu lernen, und bin schon deshalb kein Umweltverschmutzer. Ich weiß auch nicht genau, warum ich damals keine Lust hatte, ich habe ja auch kein Segelboot, fahre nie Ski, und war noch nie ein Energiebündel. Die Menschheit meint immer, das müßte jetzt alles unbedingt sein. Nöö. Als alle anfingen, Auto zu fahren, da war ich wahrscheinlich am Träumen, erstens kostet das nix, und zweitens spart man Nerven und damit Energie. Ich bewege mich auch ungern, höchstens, daß ich mich bewegen lasse, so wie man manchmal sagt: »Das hat mich sehr bewegt.« Gut, dann gehe ich auch schon mal hin und her, aber sonst nix. Wofür denn? Kann mir mal einer sagen, wofür ich mich bewegen soll? Gut, ich fahre selbst kein Auto, aber ich lasse mich fahren. Andere lassen sich gehen, ich lasse mich fahren. Beim Auto bin ich nur Beifahrer, aber als Beifahrer schlafe ich meist sofort ein, also wenn ich gefahren werde, kann ich dabei schlafen, spare ich Kraft. Natürlich habe ich manchmal auch die Augen auf, sonst könnte ich gar nicht sehen, wie viele Autos auf der Autobahn sind. Das wird immer schlimmer, und es werden immer mehr, das kann man von Tag zu Tag genau sehen, jeden Tag kommen zig Autos dazu, und die Lücken werden immer kleiner, und die Autobahnen werden ja nicht größer. Das sehe ich ganz genau, da brauche ich gar kein Auto fahren zu können, da brauche ich wirklich nur die Augen aufzumachen. Alles wird jetzt immer enger, immer enger, und auf einmal fahren sie alle nur noch 60, weil sie nicht mehr schneller können, aber es fällt fast keinem auf. Und dann ein paar Monate später können alle nur noch 40 fahren. Naja, sagt jeder, das ist das Verkehrsaufkommen, und dann kommen schon wieder zigtausend Autos dazu, und dann können alle nur noch 30 fahren, und jeder weiß, was auf ihn zukommt. Aber keiner glaubt es, alle fühlen es, aber keiner spürt es, jeder ahnt es, jeder sagt es, aber keiner meint es, jeder befürchtet es, aber keiner ängstigt sich und so weiter, und dann fahren alle nur noch 20, dann nur noch 10 und dann auf einmal, ganz plötzlich, stehen alle. Überall stehen alle, nichts geht mehr, nichts fährt mehr, alles steht, keiner lacht, alles steht still. Und dann geht noch mal ein kurzer Ruck durch die bundesdeutsche Autoschlange, wie bei einem Todeskampf, und das passiert nicht nur hier, sondern überall, und es sieht aus wie ein Kunstwerk und wird von Christo im Auftrag des Verkehrsministers verpackt als Jahrhundertwerk. Und die Menschen steigen dann aus ihren Autos, zerren ihr Gepäck heraus, stellen sich gegenseitig vor: »Schmitz.« »Sehr angenehm.« »Huber.« »Sehr erfreut.« Der eine muß nach Köln, der andere nach München, und dann nehmen sie ihre Habe auf die Schulter, fast so als wenn nichts gewesen wäre und gehen über Berge und durch Täler zu Fuß nach Hause. Und alle sagen plötzlich, daß sie immer schon dagegen waren. Ach, bin ich froh, daß ich keinen Führerschein habe.

Sagen Sie mal: Sind Sie auch schon mal in der Badewanne ausgerutscht? Ich weiß, das ist eine dumme Frage. Sie brauchen auch gar nicht darauf zu antworten. Denn alles, was Sie jetzt sagen, kann später gegen Sie verwendet werden. Und das wollen wir doch nicht! Und einen Anwalt brauchen wir auch nicht. Ich höre ja schon auf mit meinem Blödsinn und kehre zur Badewanne zurück, wo ich heute morgen beim Aussteigen – nicht beim Einsteigen, sondern immer beim Aussteigen – wieder meine Schwierigkeiten hatte. Wannen sind nämlich sehr eigen. Ganz früher, bei den alten Römern, hieß es ja auch Wanne-Eigen! Und erst sehr viel später dann: Wanne-Eickel! Sie sehen, auch in der Römischen Geschichte gibt es Kalauer. Aber so eine Wanne ist wirklich eigen. Manche sind aus Porzellan, manche aus Emaille, manche aus Marmor! Ich meine, ich kann mir meine Wanne nicht aussuchen, ich muß die Wanne nehmen, wie sie fällt! Wie? Ich falle! Aber ich falle ja gar nicht! Ich rutsche! Und das liegt ganz eindeutig an der Qualität der Wanne! Nicht an meiner! Sondern an der Qualität der Wanne – des Wannenbodens! Kennen Sie das auch? Daß, wenn man manchmal die Füße hochheben will, man sie nicht hochkriegt, weil sie fast auf dem Wannenboden festgeklebt sind, und zwar so, daß, wenn man jetzt die Füße richtig schnell hochreißen würde, ganze Hautfladen am Boden der Wanne hängenblieben. Das kann nur eine ganz miese Wanne sein. Genauso wie es auch ganz miese Kleiderbügel gibt, die keinen richtigen Aufhänger haben, sondern in eine andere Hakeneinrichtung hineingehängt werden müssen, weil der Hotelbesitzer mir unterstellt, ich würde ihm immer seine Kleiderbügel klauen. Kann ich doch gar nicht! Wenn ich beim Aussteigen aus der Wanne ausrutsche und schlage mit dem rechten Ohr – vielmehr mit dem Kopf hinter dem rechten Ohr – gegen die Heizung, daß ich erst mal liegenbleibe! Das war vor ein paar Jahren! Inzwischen bin ich wieder auf und bin beim Aussteigen aus einer Badewanne jedesmal doppelt vorsichtig, obwohl gegen das Rutschen kein Kraut gewachsen ist. Man muß sich nur festhalten, sage ich schon seit Jahren. Wie am Nanga Parbat! Mit beiden Händen gut festhalten! Ich glaube inzwischen, daß jeder Mensch früher oder später beim Aussteigen aus einer Badewanne ausrutscht. Viele wissen das sicher gar nicht mehr, und vielen steht es noch bevor! Das gehört einfach zum Menschsein dazu! Am liebsten sind mir Duschen zu ebener Erde, die nur in der Mitte so ein bißchen abfallen, damit das Wasser ablaufen kann. Dann kann gar nichts passieren! Andererseits hat das Aussteigen aus einer richtigen Badewanne ja etwas Spannendes. Klappt's? Oder klappt's nicht? Das ist wie beim dreifachen Salto im Zirkus – ohne Netz!

Was ich Sie schon immer mal fragen wollte, obwohl das eigentlich nur die Männer angeht: Ich habe immer so viel in den Taschen! Also in jeder Jackentasche ist was! Neuerdings auch noch in den Hosentaschen! Da kann ich den neuesten, den schönsten Anzug anziehen, im Nu ist der ausgebeult, und die Jacke steht so weit ab, als wollte man zwei Zentner Kartoffeln mit in die Ferien nehmen. Manche haben ja diese Freizeitjacken. Die sind auch schön, mit tausend Taschen! Aber dafür bin ich nicht sportlich genug. Und die Mäntel im Winter sehen auch schlimm aus bei mir! Ich fange mal mit der Jacke an: In der linken Seitentasche sind mein kleines Telefonbuch und mein schmalster Terminkalender und fünf Kaugummis! Rechte Seitentasche: mein Schlüsselbund, der aussieht, als müßte ich jeden Abend eine ganze Stadt abschließen! Dann ein Etui mit Nagelfeile, Nagelschere, Pinzette, kleine Schere, Spiegelchen und Mini-Nähzeug – man kann ja nie wissen! Habe ich immer bei mir! Ein Geburtstagsgeschenk. Eine Leiste mit Kopfschmerztabletten, eine mit Kohletabletten gegen Durchfall für unterwegs! Rechte obere Innentasche: Portemonnaie mit Taxiquittungen, Hotelrechnungen und Geld natürlich auch! Linke obere Innentasche: Reisepaß und Kamm und schon mal einen wichtigen Brief! Äußere Tasche oben vorne links: Zwei Kugelschreiber, ein Filzstift, ein Inhalierstift – wenn die Nase mal zugeht – und eine Schere, wenn ich unterwegs beim Frühstück im Hotel das verpackte Vollkornbrot aufschneiden muß. Das kennen Sie ja! Sie sehen, nichts ist unnütz in meinen Taschen! Und in der linken Hosentasche: Taschentuch, Kleingeld, Silber! Und in der rechten Hosentasche: Groschen und Pfennige! Und jetzt frage ich mich: Wo lassen die anderen Männer das alles? Ich kenne viele, die gar nichts bei sich haben, höchstens ein Taschentuch und ein paar Zigaretten! Nun rauche ich Gott sei Dank schon lange nicht mehr, sonst kämen bei mir noch Zigarettenetui und Feuerzeug dazu! Also, ich weiß es nicht! Ich bin schon ein paarmal ohne alles gegangen. Prompt hieß es: »Darf ich mal ihre Papiere sehen?« Am nächsten Tag habe ich wieder alles eingepackt! Ich könnte mir ja so ein Täschchen kaufen – das haben ja viele! Aber mir steht so etwas nicht! Und meine Frau würde sofort in die Luft gehen! Und außerdem: Ich würde, wie ich mich kenne, so eine Tasche dauernd irgendwo stehen lassen! Oder ich laß mir vielleicht so einen kleinen Handkarren machen! Oder ich kaufe mir einen Rucksack! Aber, wie ich mich kenne, laufe ich wahrscheinlich weiter so rum! Alles ausgeleiert! Ich muß mich mit mir abfinden, sage ich immer! Du mußt dich selbst annehmen. So wie du bist! Und deine Taschen auch! Dann ist alles halb so schlimm!

Sagen Sie mal, haben Sie auch Freunde, die alle fünf Minuten das Lokal wechseln? Ich habe von denen Dutzende. Vielleicht ist Ihnen das noch gar nicht aufgefallen, aber mir muß so was besonders auffallen, denn erstens komme ich viel rum, so in Kneipen, und zweitens bin ich genau das Gegenteil, ich bleibe jahrelang an ein und demselben Stammtisch hocken. Selbst bei Hochwasser sitze ich unbeweglich da: ein Pils, eine Birne. Wenn ich reinkomme, schreit der Ober schon: »Ein Pils, eine Birne!« Warum soll ich also dauernd die Kneipe wechseln, obwohl mir viele sagen: »Na, hm, nö, da kann man doch nicht hingehen, wo du hingehst, da gehe ich dann schon lieber, oder weißt du was eine schöne Kneipe ist, auch nicht viel teurer, aber wo du immer hingehst, also sei mir nicht böse, ja, hm, nö.« In der eigenen Stadt ist das ja nicht so schlimm, da hat man genug Auswahl und Abwechslung. Aber wenn man jedes Jahr in eine relativ fremde Stadt kommt, wo man jahrelang in den »Silbernen Esel« gegangen ist, dann freut man sich regelrecht darauf. Und wenn man ankommt und sagt: »Gehn wir hinterher wieder in den ›Silbernen Esel‹?«, dann heißt es: »Du, wir gehen jetzt immer in den ›Goldenen Schlüssel‹, weißt du, in den ›Silbernen Esel‹, du, da kann man einfach nicht mehr hingehen, du schon gar nicht, also die Leute, die jetzt dort verkehren, ganz abgesehen davon, daß uns der

Heinz, du kennst ihn ja, regelrecht rausgeekelt hat, wir gehen schon seit drei Monaten jetzt in den ›Goldenen Schlüssel‹, nichts Besonderes, aber nett, bißchen Schicki-Micki, aber das kann man ja übersehen, vor allen Dingen echt, weißt du, ganz alte Kneipe.« »Gut«, sag ich dann, »auf in den ›Goldenen Schlüssel‹!« Komm ich im nächsten Jahr wieder, in diese wirklich uralte, mit Gassen und Arkaden bestückte wunderschöne Stadt, rufe ich schon am Bahnhof, bei der Abhol-Begrüßungs-Umarmung: »Gehn wir wieder in den ›Goldenen Schlüssel‹?« »Nein, wir gehen neuerdings in den ›Alten Hut‹. Du, im ›Goldenen Schlüssel‹, das war ja zuletzt so was von reaktionär, das kannst du dir nicht vorstellen, und was da zuletzt verkehrte, das konnten wir uns nicht mehr antun, beim besten Willen nicht, wir gehen jetzt hinterher immer in den ›Alten Hut‹, und du, die sind ja so was von nett, ich meine, es ist nicht billig, aber die sind ja so was von nett, übrigens du kennst sie, Elke und Roland, haben früher zusammen Lieder gemacht, du kennst sie, die haben in der Kneipe mit Apfelsinenkisten angefangen, die sind so was von nett, du, ich weiß gar nicht, warum wir da nicht schon früher hingegangen sind, man muß ja auch mal die eigenen Leute unterstützen, du, es wird dir gefallen.« »Also auf«, sage ich, »auf in den ›Alten Hut‹ zu Elke und Roland.« Logisch, daß ich im Jahr darauf wieder leicht und locker frage: »Gehen wir nach der Vorstellung wieder in den ›Alten Hut‹ zu Elke und Roland?« Kleine Pause. Kühles Schweigen. Man geht ein paar Schritte und dann: »Du, die haben sich getrennt, ganz merkwürdige Geschichte, ganz merkwürdig, der Laden ist verkauft, das heißt, zuletzt konnte man da nicht mehr hingehen, nur noch Theaterleute, ›Wie komme ich an?‹, ›Wie kommst du an?‹, das hältst du ja im Kopf nicht aus. Nein, wir gehen jetzt wieder in den ›Silbernen Esel‹, das macht jetzt der Jürgen, hervorragend, du, hervorragend, und das Essen hinreißend, und eine Atmosphäre, endlich wieder einmal eine Atmosphäre, nicht, Edmund?« »Ja genau«, sagt Edmund, »eine Wahnsinns-Atmosphäre.« Wetten, daß, wenn ich das nächste Mal wieder in diese entzückende Stadt komme und vorsichtig frage: »Gehn wir vielleicht wieder in den ›Silbernen Esel‹?«, es bestimmt heißt: »Sei uns nicht böse, aber das war nicht mehr zu machen, zuletzt nur noch Geschäftsleute.« Ich sollte dann vielleicht doch mal auf der Stelle kehrtmachen und in meine alte Stammkneipe gehen, wo mein Freund, der Ober, schon wenn ich durch die Tür komme, gleich ruft: »Ein Pils, eine Birne!«

Ich wollte mir neulich mit einem guten Freund eine sogenannte Happy Hour zu Gemüte führen. Selbst dazu kamen wir nicht, weil uns die Gespräche einer Damenrunde dazwischenkamen.

Sagen Sie mal
Da drüben die Frau
Die jetzt mit dem Rücken zu uns sitzt
Ist das nicht die Kulturreferentin
Sie meinen die hiesige Kulturdezernentin
Die jetzige
Nicht die Vorgängerin
Der Mann war ja Holländer
Sie heißt Hülsenkrämer
Sind Sie sicher
Die jetzige hiesige Kulturreferentin
Sie meinen doch die Kulturdezernentin der Stadt
Die heißt Hüttenkemper
Sone mächtige Blondine die da drüben sitzt
Und ihren Geburtstag feiert
Wieso denn ihren Geburtstag
Mit den sechs Damen da am Tisch mit dem Rücken zu uns
Ich meine doch einen ganz anderen Tisch da wo die zwei Damen sitzen
Aber die feiern doch keinen Geburtstag
Die jetzige Kulturreferentin der Stadt
Ja natürlich das ist die Frau Hüttenbrecher aus Münster
Wieso denn aus Münster
Weil die da ein großes Hotel haben

Da hat mal ein Bekannter von uns gespielt
Als Einlage bei Hüttenkräner
Nein bei einer Marketing-Gesellschaft im Hotel
    Krautkemper
Oder Krautkrämer
Die haben einen großen Garten
Der gehört aber dem Bischof
Der hat aber nicht Geburtstag
Nein nein die Frau Krautbrecher
Das ist die an dem Tisch mit den sechs feinen
    Damen
Im Garten des Bischofs
Nein hier uns direkt gegenüber
Die haben doch gar nix damit zu tun
Und die Frau Hülsenkremer ist doch noch gar nicht
    da
Das Geburtstagskind
Die ist sicher noch in Münster
Nein sie ist doch die hiesige Kulturdezernentin
Aber der Bischof geht oft in dieses Lokal
Er hat aber kein Hotel
Und kommt auch nicht jeden Tag
Aber er kommt sicher zum Geburtstag mit dem
    Admiral öh
Mit dem Kardinal
Und der Frau Krautkrämer
Und die bringt das Hotel mit
O Gott! Diese Mißverständnisse
O Gott! Diese Irrtümer
    Diese Fehlerquellen
    Und diese Schuldzuweisungen

Das ist gar nicht die Hülsenkemper
Die kommt ja auch erst noch
Aber nicht heute
Der Geburtstag ist doch erst morgen
Und der Kardinal hat eine Einlage in den Schuhen
Nein bei der Marketing-Gesellschaft
Im Hotel Krautbrecher in Münster
Denn er war ja mal Bankkaufmann
Der Mann von der Kulturreferentin
Nein der war doch mal Holländer
Herr Ober ist das da drüben nicht die hiesige
Kulturdezernentin
Da bin ich überfragt gnä Frau
Die hiesige Kulturdezernentin kenn ich nicht
Aber sie hat doch heute oder morgen Geburtstag
Aber nicht in diesem Lokal
Vielleicht in Münster
Da gibts ein Hotel Bösenhelfer
Sie meinen Börsendorfer den kenn ich
Der hat eine Flügelfirma und ist verheiratet
Mit einer Hüttenkemper die wiederum eine
Schwester hat
Die Kulturdentistin im Rheinland sein soll
Danke schön
Dann scheint das Geburtstagskind auch heute nicht
zu kommen
Also ich hätte schwören können daß das die Frau
Hülsenstetter ist
Die hiesige Kulturstenotypistin
Immer diese Täuschungen
Diese Irrtümer

Diese Mißverständnisse
Fehlerquellen und Schuldzuweisungen
In diesem Lokal
Da kann ich nur sagen: Happy Hour!

Übrigens, ich hätte neulich beinahe wieder mal mein Portemonnaie, also nicht nur mein Portemonnaie, sondern auch alles, was da so drin ist, Personalausweis, Seniorenpaß für die Bundesbahn, Briefmarken und so weiter, beinahe verloren. Ich greife in meine Jackentasche, in meine rechte innere Jackentasche, da habe ich immer mein Portemonnaie, bei mir hat ja alles seinen Platz, ich greife also in die rechte innere Jackentasche und greife ins Leere. Jeder kennt diesen Moment, diesen absolut tödlichen Augenblick, wenn man so ins Leere greift, wo sonst schon seit Jahrzehnten das Portemonnaie steckt. Manche nehmen extra kein Portemonnaie mit, dann können Sie auch nichts ausgeben, beziehungsweise sie lassen sich einladen. Meistens Millionäre, die kann man daran erkennen, daß deren Jacken immer ganz flach und schmal sind, da zeichnet sich nichts ab, nicht so wie bei den Detektiven. Bei denen sieht man unter der Jacke meist das Pistolenhalfter, das wissen Sie sicher auch von den Krimis und bei mir auch. Da ist die Jacke regelrecht gewölbt, so daß ich oft den Mantel nicht zukriegen kann, weil eben das Portemonnaie in der rechten inneren Jackentasche steckt oder steckte. Denn neulich hatte ich tatsächlich wieder mal so einen absolut tödlichen Moment, wo man so ins Leere greift, meistens montags morgens, weil man dann meistens die Jacke wechselt. Dann muß man natürlich den ganzen dringenden Utensilienkram von einer Jacke in die andere tun, also das macht mich oft wahnsinnig, obwohl, wie gesagt, alles bei mir seinen Platz hat. Oder man geht abends noch mal aus und wirft sich rasch, das Wort stimmt übrigens haargenau, wirft sich rasch in eine andere feinere Jacke, schnell, schnell, schnell, weil meine Gute schon sagt:

»Jetzt bin ich wieder mal eher fertig«, also schnell in die andere feinere Jacke. Ich habe so eine, die habe ich mal in Graz gekauft, aber das interessiert sicher keinen, also gut: Wir gehen los in ein sogenanntes Nobelrestaurant, in dem keine Speisekarten aufliegen, sondern der Chef höchstpersönlich alle Speisen auswendig am Tisch heruntersingt, und beim Bezahlen greife ich in meine rechte innere Jackentasche ... da! Ach, ist das peinlich! Und alles wegen der anderen Jacke, und der Schlüsselbund fehlt auch, und mein Notizbuch und meine Tabletten und mein Brillenreinigungstuch fehlen auch, ist das ärgerlich! Und deshalb ziehe ich am liebsten wochenlang immer nur ein und dieselbe Jacke an, da weiß ich wenigstens, wo ich dran und drin bin, bis meine Frau mich so komisch anguckt, dann ziehe ich natürlich die Jacke sofort aus, und die Geschichte fängt von vorne an.

Es gibt Zeitgenossen, die mögen Kunst oder Kultur nur in Scheunen, Schuppen, Fabriken, stillgelegten Schlachthöfen, Straßenbahndepots, ehemaligen Pumpwerken, alten Bunkern, Maschinenlagern und Fußballstadien. Aber wehe, Schmach und Jammer, Rotz und Trotz, dieselbe Kunst und Kultur wird auch ebenso in einem altgedienten Stadttheater – ganz schrecklich – oder gar in einem Staatstheater – noch schrecklicher – gemacht und veranstaltet, früher hieß dann immer die erste Ausrede, da muß man sich ja fein anziehen, alles so spießbürgerlich, als ob die Kunst von einem weißen Hemd abhängt! Nun, heute kann inzwischen jeder in jedes Theater kommen und gehen, wie er gerne mag, aber dann ist es den Jungen wieder zuviel Plüsch und zuviel steife Gesellschaft. Nein, »Faust« ist nur in einem Schuppen Kunst, in einer Fabrik, in einer

Straßenbahnhalle. Mir ist das verdächtig. Geht es hier um Kunst oder um die Fabrik? Wenn ich etwas sehen will, es muß ja nicht gerade »Faust« sein, aber etwas, was mich begeistert, dann gehe ich sogar in die Höhle des Löwen, um die Ausschreitungen unserer Phantasie und die Entartungen unserer Herzen, also Kunst, zu erleben oder sogar zu machen. Dann ginge ich in den Kreml oder in den Vatikan, in ein tibetanisches Kloster ebenso wie in ein Zeltlager am Rande der Arktis, barfuß in Robinson-Tracht oder im Smoking und eleganter Begleitung. Und wenn Kunst montags in einer Scheune gemacht wird, gehe ich montags in eine Scheune. Und wenn sie dienstags in der Staatsoper gemacht wird, gehe ich dienstags in die Staatsoper. Ich habe keine Schwellenangst, weil mich weder die Scheune noch die Staatsoper interessieren, sondern nur das, was da gemacht wird: Kunst. Manchmal wird in einem Pumpwerk große Kunst gemacht und im Staatsschauspiel weniger und umgekehrt, oder es wird an beiden Orten Mist gebaut oder großartige Kunst gezeigt. Aber wir Deutschen, ob Jung oder Uralt, haben es anscheinend immer noch nicht begriffen und geschafft, ganz verschiedene Dinge nebeneinander existieren zu lassen, ohne Vorurteile, ohne Vorbehalt. Nein, wir Deutsche müssen immer schön trennen und einteilen in echt und unecht, richtig und wichtig, ernst und lustig, wertvoll und sinnlos, und immer gleich Zensuren austeilen. Ich fände es schön, wenn Vater im Smoking, Mutter im kleinen Schwarzen und die Kinder in ausgefransten Jeans und eingelaufenen T-Shirts oder auch umgekehrt, montags zusammen in die alte Oper und dienstags in den stillgelegten Schlachthof gingen. Toll! Das würde mich natürlich sofort an eine amerikanische Siedler- und Pionierfamilie erinnern, in der die einzelnen Familienmitglieder auch immer alles durcheinander getragen haben, Zylinder und verwaschenes Unterhemd und Omma immer das Gewehr auf den Knien, Verzeihung, ich schweife ab. Aber das sind eben die Entartungen des Herzens und die Ausschreitungen meiner Phantasie. Also: Kunst.

Wissen Sie, was ich dieser Tage wieder mal gemacht habe? Ich habe mir mal wieder einen Abenteuerfilm angesehen. Dürfen Sie aber nicht weitersagen, denn eigentlich bin ich dafür schon zu alt. Außerdem, was würden sich wohl alle meine hochgebildeten Freunde denken. Aber manchmal mache ich das einfach. Neulich war das so ein indischer Geschichtsfilm. Ich glaube mit der Königin von Sanji, die ist am Schluß dann noch gestorben. Wunderbar! Den Film meine ich, ich habe mich dabei richtig erholt. Wie hieß doch der eine, irgendwas mit Sturm oder Wind über Indien, so heißen die doch alle, oder so ähnlich. Jedenfalls, aber es war nicht »Der Wind und der Löwe« mit Sean Connery, den habe ich schon dreimal gesehen, wissen Sie, wo die am Anfang mit den Pferden in der englischen Villa bis ins Wohnzimmer reiten und die Kronleuchter mit den Säbeln kurz und klein schlagen und wo sie dann die schöne Frau und den kleinen Jungen mit in die Wüste entführen und der Sean Connery zu der schönen Frau immer sagt: »Misses Keddypenny, Sie bereiten mir große Schwierigkeiten.« Wunderbar. Aber hier jetzt, in dem indischen Film, da ging es auch um Leben und Tod, und da hat der englische General gesagt: »Lieutenant Walker, Sie reiten jetzt nach Dobandschur und bringen mir die Frau, tot oder lebendig!« Ich meine, das kann ja jeder sagen. Aber wie der das gesagt hat, das ist eben die Kunst. Ich habe die Synchronstimme immer so gerne gehört, das war die von Arnold Maquis, der leider nicht mehr lebt. Der sagt in dem Film auch: »Die Blamage am Nordtor darf nicht noch mal vorkommen.« Wunderbar! Und es spielen auch irgendwelche Bergfürsten mit. In ganz Indien wimmmelt es von Bergfürsten, ganz durchtriebene Brüder, aus denen man nie ganz schlau wird. Aber die Filme sieht man alle nicht mehr. Erinnern Sie sich noch an den Film mit dem Tiger, wo der russische Ingenieur mit dem Tiger gekämpft hat und später in den See gesprungen ist und die Tänzerin entführt hat, die der Maharadscha dann in der ganzen Welt gesucht hat. Wunderbar! Da hat doch der Prinz Ramigani mitgespielt, und den hat immer der Alexander Golling gesprochen, und der hatte so eine eigenartige Stimme. Und die Tänzerin hieß La Jana. Wunderschöne Frau, die immer ein kleines schwarzes Pflaster mitten auf der Stirn hatte. Warum weiß ich auch nicht. Bei Friedrich dem Großen haben sie alle die Dinger auf der Backe getragen, und dann ist auf einem Fest die eine Dienerin von einem Zauberer im Korb erstochen worden. Was waren die Filme früher doch so schön, und die La Jana hat auch in »Truxa« mitgespielt, in einem Artistenschicksalsfilm mit Hannes Stelzer, und der war zusammen mit Ernst von Klippstein bei der Luftwaffe, also im Kino. Aber in dem Film hat der General nicht gesagt: »Lieutenant Walker, Sie reiten jetzt nach Dobandschur und bringen mir die Frau, tot oder lebendig.« Schade eigentlich, das hätte dann ein schönes Durcheinander gegeben.

Ich habe mal eine Frage. Die ist nicht lebenswichtig, aber für mich ist sie von einigem kulturellen Wert. Ich habe früher vielen Leuten die Frage gestellt: Stört es

Sie, wenn ausländische Filme, also amerikanische, französische oder italienische, synchronisiert werden? Oder möchten Sie diese Filme lieber im Original sehen, also in der jeweiligen Landessprache? Oder möchten Sie den Film lieber mit Untertiteln versehen haben? Sie sehen, die Frage ist nicht existentiell, sondern nur kulturell. Sie gehört mit zur Abteilung Lebensqualität. Ich meine, ich bin da nicht kompetent. Ich bin ja nur ein kleiner niederrheinischer Dorfpoet, der im letzten Haus, welches mehr ein Bretterverschlag ist, im letzten Haus an der Dorfstraße wohnt, aber alle Stunde durchs Dorf humpelt, mit einer Glocke bimmelt und dabei ausruft: »Es ist Mitternacht! Es ist Mitternacht!« Ich bin jetzt wieder abgeschweift von meiner Frage. Also ich sehe mir ausländische Filme gern synchronisiert an, denn erstens spreche ich nicht perfekt ausländisch, und zweitens hänge ich an meinen Synchronsprechern. Ich weiß noch nicht mal wie die heißen, aber die Stimmen möchte ich nicht missen. Sicher, es gibt künstlerisch wertvolle Leute, die alles im Original sehen wollen, selbst wenn es abessinische Filme sind. Ich habe mal mit einer Schweizer Freundin nach dem Besuch eines schwedischen Films, der deutsch synchronisiert war, in einem chinesischen Restaurant in München einen Riesenstreit gehabt, denn sie hätte die Bergman, die Ingrid, lieber im Original gehört. Und als ich sagte: »Du kannst doch gar kein Schwedisch«, hat sie geantwortet: »Das ist mir egal, immer noch besser als deutsch synchronisiert.« Also wissen Sie, das ist dann schon ein puristischer Pflegefall. Da kann man nichts machen. Und Untertitel, das ist doch auch gerade die Hälfte vom Ei des Kolumbus. Da guck ich doch immer auf den unteren Bildrand, und da steht doch alles nur in Kurzfassung: »He Sie! Ich komme gleich rüber. Bleiben Sie stehen! Hilfe! Los jetzt! Den schnappen wir uns. Alles in Ordnung? Danke, es geht schon.« Nee, das ist doch nichts. Ich will meine deutschen Synchronsprecher hören. Aber eins ist für mich dabei ganz schrecklich. Ich weiß nicht, wie das anderen geht, weshalb ich noch mal auf dieses Thema komme. Wenn ein spezieller Schauspieler plötzlich von einem anderen Sprecher synchronisiert wird, bricht bei mir eine Welt zusammen. Das ist ganz furchtbar, und ich komme völlig durcheinander. Das ist dann für mich nicht mehr der Columbo. Und der ganze Film ist für mich wertlos. Oder die Serie mit Quincy. Genau dasselbe: Der Synchronsprecher lebt nicht mehr, und jetzt habe sie einen neuen. Der ist nicht schlecht, aber für mich ist der nicht der Gerichtsmediziner Dr. Quincy: »Sam, dann wolln wir uns mal den japanischen Schwertfisch vornehmen.« Das ist wirklich schade! Wie gesagt, die Geschichte ist nicht lebenswichtig, aber die übrige Serie ist für mich dann gestorben.

Kennen Sie das auch? Daß Sie tagelang einen Namen suchen, der einem früher einfach so auf der Zunge lag. Der Name ist weg, aus, auf Wiedersehen, nein, auf Wiedereinfallen. Neulich habe ich drei Wochen lang den Namen eines amerikanischen Filmschauspielers gesucht, den alle Filmfreunde bestimmt schon mal gesehen haben. Früher jedenfalls. Und als ich den Namen schließlich hatte, da habe ich nicht mal gemerkt, daß ich den Namen schon hatte, so weit weg war ich, beziehungsweise der Name. Klar, davon geht die Welt nicht unter, aber ich habe eine Komplettierungszwängigkeit. Haben Sie das Wort schon mal gehört? Komplettierungszwängigkeit. So sagen die Psychologen. Wenn einer seine Zahnbürste am gewohnten Platz nicht finden kann und sucht und sucht und sucht und das tagelang und dann darüber krank wird am Magen oder im Kopf, anstatt sich eine neue Zahnbürste zu kaufen, dann sagt man: »Der ist komplettierungszwängig.« Ich bin so einer: Ich habe es noch nicht im Kopf, nur manchmal am Magen. Und so war das auch mit dem amerikanischen Filmschauspieler, dessen Namen ich so lange gesucht habe. So ein Kleiner ist das, nicht schön, aber herb, ganz interessant, kein großer Star, spielt aber immer in dramatischen Filmen. Ist heute schon älter. Aber den habe ich schon vor dreißig Jahren gesehen, in diesen Western, wo die Viehzüchter immer Krach mit den Farmern hatten, weil irgendeiner sein Wasserloch nicht zur Verfügung stellen wollte. Und den spielte immer dieser amerikanische Schauspieler. Jetzt fällt mir der Name nicht ein. Sieht nicht schlecht aus der Mann, nicht schön, aber männlich, bißchen untersetzt. Herrgott noch mal! Ist es denn zu fassen! Ich habe den Namen schon mal gesucht, da habe ich ein halbes Jahr gebraucht. Überall habe ich rumgefragt, überall. Keiner kannte den, so einen kleinen Stämmigen. Und dann sagt einer: »Robert Ryan!« »Nein«, sage ich, »so ähnlich.« »Robert Mitchum.« »Nein, kleiner, drahtiger, eigensinniger.« »Van Johnson!« »So ähnlich, aber härter und kleiner.« Jetzt ist wieder alles weg! Und dann finde ich keine Ruhe, und dann fange ich wieder von vorne an. Ich sehe den Mann genau vor mir, er hat manchmal so karierte Hemden angehabt, und seine Haare gingen so ein ganz klein bißchen ins Rötliche über. Er hat auch mal in einem Öl-Film mitgespielt. Wo immer einer die Pumpe kaputt gemacht hat, und er als Ingenieur mußte sie dann reparieren, und das ganze Gesicht war immer total verschmiert mit Öl: van Heflin! Ich hab's! Jetzt hab ich's endlich: van Heflin! »Wie soll der heißen?« fragen dann die meisten. »Van Heflin!« »Van Heflin? Kenne ich nicht!« Aber ich sage dann ganz stolz: »Ich kenne den Mann schon über 35 Jahre und immer vergesse ich den Namen, van Heflin!«

Wir waren neulich mal wieder eingeladen. Eigentlich wollte ich gar nicht hingehen, da ich an meiner Studie »Der kurze Aufenthalt in einer langen Welt oder Die herkömmlichen vielfältigen Konflikte bei den hinfälligen einfältigen Säugetieren« arbeitete. Aber man kommt ja zu nichts.

Mein Gehör hat nachgelassen
Enorm
Und ich spräche auch schon seit Monaten
Sagt meine Frau jedenfalls leiser
wesentlich leiser sagt sie
wesentlich
Welche Entwicklung dem auch immer zu
  Grunde liegen mag
Ich muß bei diesen Sachen einfach stärker Obacht
  geben
Als bislang
Wenn ich in Gesellschaft noch einigermaßen
  funktionieren will
Auch meine Sehkraft ist nicht die alte
Wie oft überspringe ich doch bei Treppen eine ganze
  Stufe
Obwohl ich denke das ist die nächste
Und gerade denken und sehen hängt ja kriminell
  zusammen
Wenn das eine nicht klappt
Klappt das andere erst recht nicht
Aber wenn man eingeladen ist sitzt man ja meist
Obwohl das wieder andere Schäden nach sich
  zieht

Item
Wie wir alten Mediziner sagen
Ich habe jedenfalls bei der Vorstellung von einigen Mitgeladenen
Die Namen nur flüchtig bis überhaupt nicht verstanden
Und konnte demzufolge zwischen Suppe und Braten
Kaum jemanden mit seinem vollen richtigen Namen ansprechen
Und das ist mir auf die Dauer doch wahnsinnig peinlich
Ein Freund von mir der von einer charmanten Rigorisität ist
Die ich niemals erreiche nie
Der sagt dann einfach zu seiner Nachbarin:
Der Wein ist vorzüglich Frau Schubert
Worauf diese antwortet
Ich heiße Wagenburg
Aber sie sind eine geborene Schubert
Auch nicht
Ich bin eine geborene Winterberg Elfriede
Dann entschuldigen Sie vielmals Frau Wagenknecht
Und die Sache ist im Lot
Oder ich habe Rellmann verstanden
Meine Frau Tillmann
Vielleicht Thälmann sage ich
Das war doch der berühmte Kommunistenführer
Den haben doch die Nazis umgebracht
Ja und
Es kann doch ein Enkelkind sein

Oder einfach ein Namensvetter
Vielleicht Bellmann wie der skandinavische Lieder-
Poet
Paß lieber auf sagt dann meine Frau
Daß du nicht ständig mit deinem rechten
Jackenärmel
In der Senf-Kräuter-Krusten-Sauce hängst
Oooch sage ich die Jacke ist nicht so empfindlich
Aber ich sagt meine Frau
Das Ehepaar heißt Stellmann
Hab ich eben in der Küche erfahren
Und neben dir sitzt Herr Dr. Beingarten
Weingarten
Nein Beingarten Bein wie Bein und Garten wie
Garten
Es gibt Jacken sage ich zu meiner Frau
Die sind ungeheuer strapazierfähig
Wie so Teppiche auf Fluren in Hotels
Die haben extra son Muster damit die Flecken nicht
auffallen
Im Gegenteil das Muster noch bereichern
Aber die Senf-Kräuter-Krusten-Sauce bereichert nicht
Deinen rechten Jacken-Ärmel
Wir sollten langsam gehen
Wiedersehen Frau Wagenknecht
Wiedersehen Herr Dr. Steingarten
Es war ein sehr schöner Abend
Und danke für die Senf-Kräuter-Krusten-Sauce
Krieg ich das Rezept
Danke vielmals und schön daß Sie gekommen sind
Herr und Frau Hübsch

Auf Wiedersehen Frau Stellmann
Wir heißen Hellmann aber das macht nix das macht gar nix
Alles Gute
Danke für die Einladung
Wie heißen die
Is doch jetzt egal
Gute Nacht
Er war sehr nett
Sie aber auch
Feldkamp heißen die
Ich hab auf die Klingel geguckt
Dann ist ja endlich alles klar!

Sagen Sie mal: Schlafen Sie auch so gerne lang? Also früher, da konnte ich schlafen bis Gott weiß wohin, da mußte man mich nach drei Tagen beinahe mit dem Brecheisen aus dem Schlaf heraushebeln. Das ist jetzt natürlich übertrieben, aber ich wollte nur mal bildlich darstellen, wie ich früher alles mögliche zusammengeschlafen habe, ganz schlimm. Aber da war man ja noch jung und schön. Also schön weiß ich nicht, aber immerhin, das Schönsein hält ja auch nicht ewig. Ich schlafe auch heute noch gerne lang, wenn es geht. Aber meistens werde ich schon um 7 Uhr wach, auch wenn ich bis 11 schlafen könnte. Egal ob ich um 2 ins Bett gehe oder schon um 10. Aber lange schlafen tue ich immer noch gern, aber wenn es sein muß, stehe ich auch um 5 auf und bin sofort fidel, sofort. Also ich gehöre nicht zu denen, die erst um 9 das erste Lächeln zeigen, nein, ich bin sofort mit beiden Beinen, steh ich also auf dem Boden der Tatsachen und lasse die Zigarre vor Bitterkeit nicht ausgehen, obwohl ich inzwischen Nichtraucher bin und deshalb viel zugenommen habe, und das gefällt meiner Frau gar nicht, die übrigens auch gern lange schläft und es auch noch kann, wenn es geht. Sie muß nämlich meistens um halb 7 aufstehen. Schläft aber bis eine Minute vor halb, also: »Bis daß der Wecker klingelt«, wie der Pfarrer bei der Hochzeit sagt, und dann ist sie immer baß erstaunt, daß ich schon wach bin, und fast empört, wie soll ich sagen, also unangenehm überrascht, daß ich schon seit 5 wach bin, wach liege. Das kann sie einfach nicht verstehen und sagt dann immer: »Ich habe doch den Wecker gestellt.« »Und wenn man schläft, dann schläft man«, sagt sie immer. Wirklich! »Wenn man schläft, dann schläft man«, sagt sie. Ich sage: »Das sagst du, aber warte nur die Zeit ab, du kommt auch noch dran, dann stehst du, wie ich dich kenne, gleich auf und machst dich an die Arbeit.« Manchmal werde ich auch schon um 4 wach, gucke auf die Uhr und freue mich, denn ich kann mich dann noch mal rumdrehen und fünf Stunden weiterschlafen. Aber dieses Glücksgefühl hätte ich gar nicht erlebt, wenn ich nicht um 4 wach geworden wäre. Mein Vater auch. Ab 5 Uhr morgens konnte der nicht mehr schlafen. Also stand er auf, machte einen Spaziergang oder ging im Sommer ins Freibad und dann um halb 8 ins Büro. Das habe ich damals nie verstanden. Und heute geht es mir ganz genauso. »Nur«, sagt meine Frau dann, »daß du keinen Spaziergang machst, geschweige denn ins Freibad gehst, sondern wach liegenbleibst.« »Ja«, sage ich, »weil ich hoffe, weil ich ernsthaft hoffe, vielleicht noch mal einschlafen zu können. Man darf die Hoffnung nie aufgeben.« »Ernsthaft hoffe«, sagt dann meine Frau, »daß ich nicht lache, wenn man bis 7 Uhr schlafen kann und dazu noch den Wecker stellt, kann man auch bis 7 schlafen.« »Eben nicht«, sage ich dann, »denn ich muß ja schon ab 5 nachdenken, und wenn ich viel nachdenken muß, dann schon ab 4.« »Über was mußt du denn nachdenken?« »Na über alles mögliche.« »Das kannst du doch ab 7.« »Nein«, sage ich, »dann fängt ja das Leben schon an.« Ich sage ja gern: »Je älter man wird, desto früher fängt das Leben an.« Neulich ist meine Frau tatsächlich zum erstenmal früher wach geworden, als sie eigentlich wollte, und zwar, weil sie plötzlich auch über alles mögliche nachdenken mußte. Und jetzt versteht sie, daß ich auch ohne Wecker wach werde.

Wissen Sie, was mir neulich passiert ist? Ich muß davon berichten, weil es vielleicht eine gute Warnung für

Sie enthält. Es ist bei mir mittlerweile so, daß ich mir alles aufschreiben muß. Verabredungen, Termine, Anschriften, Telefonnummern und so weiter, und dann liegen überall die vielen Zettel rum. Das allein ist schon mordsgefährlich, denn man legt schon mal eine Zeitung auf den Zettel und auf die Zeitung noch zwei Bücher und auf die zwei Bücher noch Post und dann noch ne Zeitschrift, die ich eigentlich schon längst wegwerfen wollte, und weg ist der kleine Zettel, auf dem das Datum des Treffens mit dem wichtigen Regisseur stand, der sowieso so pingelig ist. Und, o Schreck, auch noch dessen Telefonnummer, aber der Zettel ist weg, obwohl er gar nicht weg sein kann, gar nicht aus dem Haus sein kann. Den Papierkorb habe ich auch schon ausgeleert, und dabei habe ich meinen Kellerschlüssel wiedergefunden, der ganz unten auf dem Grund des Korbes lag. Ich hatte wohl beim letzten Mal, als ich den Korb im Keller in den Container ausgeschüttet hatte, den Schlüssel in den geleerten Korb getan, in der Wohnung aber vergessen, ihn wieder dort aufzuhängen, wo er immer hängt. Und jetzt ist der Zettel weg. Ganz ruhig bleiben, sage ich mir dann immer, ganz ruhig bleiben, der kann ja nicht aus diesem Raum raus, also geh noch mal systematisch die verschiedenen Stöße an Post und Manuskripten und Büchern und Zeitschriften Stück für Stück durch, und dann wird der Zettel sich schon finden. Wie schon gesagt – ganz ruhig bleiben. Es bleibt einem manchmal gar nichts anderes übrig, als sich selbst ständig anzuhalten, zuversichtlich zu sein. In letzter Zeit kommt bei mir ständig alles mögliche weg, was eigentlich gar nicht wegkommen kann, denn es sind ja nur Zettel, Papier, keine Eßwaren, nur kleine Zettel, auf denen Notizen stehen, wie beispielsweise »Achtung! Peter anrufen!« Ich finde den Zettel dann nach drei Tagen, weil ich irgendwas auf ihn gelegt hatte, und das brauchte ich auf einmal, und dann kam auch der Zettel zum Vorschein. Aber neulich habe ich die Suche nach einem Zettel ganz eingestellt, wie ja manchmal auch Suchexpeditionen in der Arktis eingestellt werden. Ich habe gedacht, der Zettel hat sich in Luft aufgelöst. Er war einfach nicht auffindbar, und so war für mich sonnenklar, daß das Alter wieder zugeschlagen hatte. Und das ging soweit, daß ich mir sagte: »Du hast den Zettel gar nicht geschrieben, du hast den erfunden, du hast simuliert!« Vater hat wieder eine Fata Morgana gehabt. Dabei war es ein wichtiger Zettel mit einer wichtigen Adresse und einer wichtigen Zeitangabe! Alle Zettel lagen vor mir, alle waren da, nur dieser eine Zettel nicht, Herrgott noch mal! Bis ich schließlich auf des Rätsels Lösung kam: Schreib nie was Wichtiges auf die Rückseite eines Zettels, wenn auf der Vorderseite auch was Wertvolles steht!

Eines muß man mal deutlich sagen: In den Kirchen tut sich jetzt doch allerhand! Nicht nur, weil es auf Weihnachten zugeht, nein, ich meine – ich kann mich natürlich täuschen –, daß da jetzt doch eine ganz neue, wie soll ich sagen, fröhliche Besinnlichkeit ausgebrochen ist. Friedrich Nietzsche hat schon vor langer Zeit gesagt, daß die Christen eigentlich erlöster aussehen müßten. Und er hat auch gesagt, der Friedrich, daß wenn die Religion zur Moral wird, sie anfängt zu stinken! Und der Bischof Lehmann hat auch gesagt: »Man muß den Dialog in der Kirche fördern!« Und was da immer alles gesagt wird! Jetzt sollte auch mal was getan werden! Sonst heißt es immer: Kirche von unten, von unten, von unten! Aber die von oben kümmern sich den Deuwel drum! Und um in das Ganze mehr Schwung zu bringen, hat man im Saarland in der Stadt Ottweiler, jeden Tag ein Trinkliederpotpourri gespielt, als Glockenspiel! Ein Potpourri aus bekannten Trinkliedern, wie zum Beispiel: »Bier her, Bier her…« Oder: »Wenn das Wasser im Rhein goldner Wein wär'…« Oder: »Ein Prosit der Gemütlichkeit…« Diese Lieder konnte man jeden Tag vom Kirchturm hören! Ich meine, warum nicht! Die berühmte Theresia von Avila hat schon im 16. Jahrhundert gesagt. »Tu deinem Leib des öfteren etwas Gutes, damit deine Seele Lust hat, darin zu wohnen!« Und sie hat auch gesagt: »Wenn Truthahn, dann Truthahn! Wenn fasten, dann fasten!« Aber die evangelische Kirchengemeinde hat protestiert! Jetzt soll das Glockenspiel, glaube ich, still stehen. Ich weiß nicht, wie der Streit ausgegangen ist. Wahrscheinlich werden jetzt nur Advents- und Weihnachtslieder gespielt! Was ja auch richtig ist! Der Christ hat sich eben auf den Ernst der Stunde vorzubereiten und einzustimmen, auch wenn der Engel noch so oft sagt: »Siehe, ich verkündige euch große Freude, denn euch ist heute der Heiland…«, und so weiter! Da hat man doch als sterblicher Erdenbürger allen Grund, mal ein Schnäpsken zu trinken oder auch ein Lied anzustimmen! »O du fröhliche, o du selige…!« Aber der Christ hat dabei ein tiefernstes Gesicht zu machen! Ich kämpfe schon seit Jahren darum, daß man in der Kirche auch lachen und klatschen darf, wenn einem was gefällt! Und vor der Kirche müßte – wie früher – auch wieder der Kirmesplatz sein! Gut! Ich weiß schon: Alles zu seiner Zeit! Und bitte keine Förderung des Alkoholismus! Ist in Ordnung! Aber was die Kirche durch ihre Verbote schon alles gefördert hat, das möchte ich nicht wissen! Das möchte ich hier nicht auf den Tisch legen! Die Kirche sollte eine gute Mischung aus Alltag und Sonntag sein, aus Freude und Trauer, aus Leben und leben lassen! Deshalb sollte man an Silvester das Trinklieder-Glockenspiel vom Kirchturm wieder anstellen! Der »Liebe Gott« ist da viel großzügiger! Der singt selbst mit! Der hat einen ausgeprägten Tenor und zwitschert auch mal gern einen! Und schreibt keinem was vor! Höchstens, daß die Kirche mal von ihrem hohen und hochmütigen pädagogischen Podest runterkommt! Kirche von oben brauchen wir nicht! Aber Menschen von unten; davon kann der »Liebe Gott« nicht genug kriegen!

Wenn ich manchmal eine Tasse fallenlasse
Und die Tasse zerschellt am Boden
Bricht meine Frau meistens fast zusammen
Ich sage dann immer
Keine Dramen
Keine Sehenswürdigkeiten
Keine Sippenhaft
Ganz ruhig bleiben
Und fröhlich sein
Das griechische Reich ging unter
Das römische Reich ging unter
Das persische Reich ging unter
Das ägyptische Reich ging unter
Das englische Reich ging unter
Das japanische Reich ging unter
Und das deutsche Reich ging unter
Und da kommst *du* mir wegen so einer blöden Tasse
Dann sagt meine Frau immer einen Satz
Einen Satz der in der ganzen Welt verbreitet ist
Einen Satz *von* Frauen *für* Frauen
Das ist doch keine Einstellung
Das ist doch keine Einstellung
Und ich sage darauf immer
Da mögt Ihr wohl recht haben Herrin sprach Till
Eulenspiegel
Und verließ noch in der Nacht die Stadt.

Übrigens: Ich habe abgenommen! 100 Gramm! In Worten: einhundert! Im Urlaub! Wir waren neulich ein bißchen weg. Ausspannen! Aber bei mir hilft das nicht mehr. Wenn ich zurückkomme, muß ich mich erst richtig erholen! Aber ist egal: Ich habe jedenfalls abgenommen! Und meine Frau hat zugenommen: 200 Gramm! In Worten: zweihundert! Wir haben eine Waage, die alles genau angibt. Die spricht sogar: »Sie wiegen heute 79,9!« Es ist tragisch für meine Frau: Ich nehme in den Ferien ab, und sie nimmt zu! Obwohl ich eindeutig mehr esse! Das kommt, weil ich mich im Urlaub mehr bewege und sie weniger – und weil wir früher zu Abend essen. Einwandfrei! Das Wichtigste: Ich habe abgenommen! Ist ja egal wie! Ich bin jetzt unter 80 Kilo. Das ist ein Anfang, darauf kann ich aufbauen! Ich weiß zwar noch nicht wie und wo, aber es kommt der Tag des Herrn, an dem ich kaum zu erkennen sein werde – sage ich immer! Man muß nur konsequent sein und auch mit den Gerichten zu Gericht sitzen! Ja sicher! Zum Beispiel liest man doch immer: »Gebratene Blutwurst«! Die esse ich für mein Leben gern. »Gebratene Blutwurst«! So was Herrliches, wenn die gebraten ist – wenn die wirklich gebraten ist! Da lese ich: »Gebratene Blutwurst auf lauwarmem Senfkartoffelsalat!« Wunderbar! Die nehme ich! »Ist die Blutwurst auch gebraten, Herr Ober?« »Das steht ja da, mein Herr!« Also gut! Aber die Blutwurst ist eben nicht kroß gebraten, sondern nur mal so ein bißchen angebacken! Von wegen kroß oder knackig! Nix, gar nix! Und der Senfkartoffelsalat! Na schön! Meist sollte man sich noch Senf zusätzlich geben lassen. Es stimmt alles nicht mehr: weder die Blutwurst noch der Senfkartoffelsalat! Das beste wäre, alles sofort zurückgehen zu lassen. Ich verzichte! Aufstehen, mit der Serviette auf den Tisch schlagen, Geld hinschmeißen – man ist ja kein Prellzecher! Bei Meerrettich ist es genau so! Das ist immer nur ein Hauch von einer blassen Ahnung von Meerrettich! Was sollen diese ganzen wunderbaren Würzereien, wenn man sie doch nicht herausschmeckt! Beim besten Gaumen nicht! Bis man die chinesische Ente herausgefunden hat, die wirklich kroß und durchgebraten ist, dauert das Wochen! Wer Brathendl von Brathendl nicht unterscheiden kann, ist auch arm dran! Aber das sind eigentlich alles wunderbare Momente, in denen man das Essen einstellen kann und sich erbost von dannen schleppt. Ich vermute, daß die meisten Süßstofftabletten Placebos sind, so daß ich jetzt schon drei bis vier Tablettchen in eine normale Tasse Tee tun muß. Das ist wie bei der »Gebratenen Blutwurst«! Sie schreiben »gebraten« hin, damit man meint, sie sei »gebraten«! Genau so ist es bei »Senf« und »Meerrettich«! Selbst »Sauerbraten« treibt einem nicht mehr den Schweiß auf die Stirn! Sie sehen: Das beste Mittel, dem Essen aus dem Weg zu gehen, ist, sich mager zu nörgeln! Solange es Spaß macht!

Wie geht es Ihnen? Wenn ich mal zwischendurch fragen darf? Mir geht es gut. Obwohl meine Frau neulich krank war. So etwas habe ich lange nicht mehr erlebt, wie schnell das ging. Ruckzuck, wie aus heiterem Himmel hatte sie 39 Grad Fieber! Aber meine Frau ist eine Kohlenpott-Preußin – aus Katastrophen-Rauxel! Erst hatte sie einen Husten bis zum geht nicht mehr. Der wurde und wurde nicht locker. Bei schlimmem Husten ist es doch so. Am Schluß hat man überhaupt keinen Geschmack mehr im Mund. Man ist richtig geschmacklos! Von all dem Lutschzeug und all dem Lindenblütenkram! Furchtbar! Und es wurde immer schlimmer! Und wenn meine Frau krank ist, dann bin ich arm dran. Ich werde dann von Tag zu Tag hilfloser! Bis meine Frau sagt: »Muß ich aufstehen, damit du den Pfefferminztee findest?« »Nee, nee«, sage ich dann, »ich habe ihn ja schon, ich komme nur nicht dran!« Und beim Öffnen purzeln mir aus dem Schränkchen immer alle möglichen Sachen und Teesorten entgegen. Nur kein Pfefferminztee! »Also, ich sehe schon«, ruft meine Frau dann, »du kannst ihn wieder nicht finden!« »Du siehst gar nix«, rufe ich dann zurück, »du bleibst schön im Bett!« »Was sprichst du denn fürn Deutsch?« sagt dann meine Frau. »›Im Bett‹! ›Im Bett‹! Und dieser Mann verdient mit Sprache sein Geld!« »Du scheinst wieder gesund zu sein«, sage ich dann. »Hier ist doch der Pfefferminztee! Ich mache das schon! Bist sterbenskrank, aber regst dich auf, wenn ich mal ›im Bett‹ sage!« »Das sagst du dauernd«, sagt meine Frau. »Du könntest mir mal einen Wadenwickel gegen das Fieber machen!« »Sofort«, sage ich. »Ich mache dir sofort einen Wadenwickel, wenn ich den Pfefferminzteebeutel aus der Kanne getan habe.« »Den kannst du ruhig drin lassen! Bei Pfefferminztee ist das nicht so schlimm. Mach mir lieber einen Wadenwickel! Du weißt doch, wie der geht?« »Natürlich«, sage ich. »Ich habe doch schon tausend Wadenwickel in meinem Leben gemacht. Man nimmt ein Handtuch …« »Jetzt rede nicht«, sagt meine Frau, »mach mir bitte einen Wadenwickel.« »Bin schon dabei«, rufe ich aus dem Bad. Und ich nehme das Handtuch und halte davon zwei Drittel unter kaltes Wasser und das restliche Drittel lasse ich trocken, damit das Bett nicht naß wird. »Sooo«, sage ich dann – bei Kranken sagt man doch immer: Sooo! »Was ist denn das für'n Wadenwickel?« sagt meine kranke Frau. »Das ist ein Wadenwickel«, sage ich. »Man schlägt die nassen zwei Drittel um das Wadenbein oberhalb des Fußes bis unters Knie und steckt einen Zipfel des trockenen Teiles oben in den Wickel, damit der hält.« Da ist doch gar keine Wade mehr«, sagt meine kranke Frau. »Mag sein«, sage ich, »mag sein, aber so geht ein Wadenwickel.« »Quatsch, einen Wadenwickel, den macht man um die Wade und dafür braucht man nur die halbe Breite, außerdem habe ich schon ein trockenes Handtuch auf dem Bett liegen, so daß man das ganze Handtuch naß machen kann.« »Ja«, sage ich, »so kann man es sicher auch machen.« »So machen es alle«, sagt meine kranke Frau, »nur du nicht.« »Ich habe das mit dem Wadenwickel bei Tante Liese so gelernt.« »Ja, ich weiß«, sagt meine kranke Frau. »Tante Liese aß die Muscheln anders, machte den Kartoffelsalat anders und machte die Wadenwickel anders. Wie soll denn da ein Mensch gesund werden«, sagt meine kranke Frau. »Ja, weiß ich auch nicht«, sage ich, »aber den Wadenwickel macht sicher jeder anders. Am besten sind die, wo das ganze Bein gekühlt wird und nicht nur die Wade.« »Warum heißt es dann nicht Beinwickel, sondern Wadenwickel?« »Ja, weiß ich auch nicht«, sage ich, »man nennt das eben so: Wadenwickel.« »Und Tante Liese hat natürlich die besten Wadenwickel am Niederrhein gemacht.« »Nicht die besten, das sagt doch kein Mensch, sondern ich habe das so gelernt, daß man für den Wadenwickel das ganze Bein nimmt. Also nicht das ganze Bein, sondern hauptsächlich schon die Wade.« »Jetzt mach den Wickel endlich drum, sonst ist doch die ganze Wirkung im Eimer.« »Ich kann das Handtuch ja noch mal unters

Wasser halten«, sage ich, »und dann lege ich es auf die Hälfte und mache es völlig naß, so wie du es gelernt hast.« »Mach, was du willst«, sagt dann meine kranke Frau, »Hauptsache, ich bekomme bald meinen Wadenwickel, damit mein armer Mann endlich seine Ruhe hat.«

Wer mich ein bißchen kennt, der weiß, daß ich im großen und ganzen zufrieden und ungemein anpassungsfähig bin. Ich bin eigentlich der King der Anpassungsfähigen. Wer und wo auch immer mich einer nach irgend etwas fragt, ich sage immer: »Ist in Ordnung, machen Sie sich keine Sorgen. Nee, muß nicht sein, danke schön, für mich schon gar nicht. Machen Sie sich um Gottes willen keine Umstände« und so weiter. Also mit mir kann man gut zurechtkommen, weil ich mich schnell zurecht- und auch abfinde. Ich bin ein Abfindungs-Künstler. Das hat jetzt nichts mit Geld zu tun, sondern wenn mal was nicht klappt, oder wenn nicht alles so ist, wie es sein sollte. Ich beschwere mich nicht, ich reklamiere nicht, ich lasse es so, wie es ist. Ich bin pflegeleicht, also ich bin kein Beschwerer. Ich möchte das nicht oder ehrlich gesagt, ich kann das nicht. »Ich bin zufrieden«, sage ich immer, wenn ich gefragt werde: »Hallo, wie geht's Ihnen?« »Ich bin zufrieden«, sage ich dann. Ich sage nie: »Sehr gut, ausgezeichnet, wunderbar.« Nein, ich klage nicht und ich möchte auch in dem Moment nicht, daß es mir eventuell besser geht als dem Fragenden. Vielleicht ist ja seine Frau vor fünf Tagen gestorben. Da ist ja dann schon ein »Ich bin zufrieden« gefühllos. Wenn ich allerdings von dem Tod seiner Frau weiß, sage ich meist: »Es geht so.« Aber das gehört nicht in die Beschwerde-Abteilung hinein. Neulich habe ich mich beschwert, ganz sanft. Aber wenn ich mich beschwere, ist es mehr ein Freundschaftschließen am Tisch. Und ich behaupte nach wie vor: Das ist die beste Art, die Gesellschaft insgesamt auf die Seite der Friedfertigen zu ziehen. Sie ins Lager der Sanftmütigen zu locken, wenn man milde, nichts als milde mit ihr umgeht. Neulich ließ ich mir in einem Restaurant gebratenen Schellfisch auf Sauerkrautpüree in einer Dijon-Senf-Sauce bringen. In Buxtehude. Wo ich schon seit langem ein- und ausgehe. Ich hatte diesen Schellfisch eigentlich nur bestellt wegen dieser Dijon-Senf-Sauce , denn ich bin ein Senfabhängiger. Der Fisch war große Klasse, nur die Dijon-Senf-Sauce war nichts! Bot nicht mal mehr den Schimmer einer Erinnerung an eine Dijon-Senf-Sauce, sondern hätte auch als Bernaise oder eine Hollandaise durchgehen können. Beides Saucen, die ich verschmähe, denen ich aus dem Wege gehe. Und dann hatte ich die Gelegenheit, den Chefkoch ansprechen zu können, und ich habe ihn mir beiseite genommen, weil ich dachte, jetzt mußt du ihm doch mal sagen, daß seine Küche überirdisch ist, aber seine Dijon-Senf-Sauce einer Katastrophe gleicht. »Wo haben Sie eigentlich gelernt? In St. Moritz oder in Katzenbuckelbach?« Und genau in diesem Augenblick, als ich ganz tief Luft holte, um dem Chefkoch gehörig meine Meinung über seine Dijon-Senf-Sauce sagen zu können, kam der Chef des Hotels dazu und sagte, er sei der Bruder des Chefkochs, und ich sagte dann schon wieder ganz angepaßt: »Ja, das sieht man.« »Und wie war die Küche?« Und ich sagte: »Ausgezeichnet!« Was sollte ich machen, die beiden waren zu zweit!

»Was ich Ihnen jetzt sage, muß ziemlich unter uns bleiben, sonst wäre es unziemlich. Meine Frau und ich, wir tragen immer einen besonderen Sport aus, ohne Medaillen und ohne nationalen Ehrgeiz. Wir haben auch keine Mannschaft, gehören auch keiner an, aber wir haben eine Bettdecke. Das heißt, ich muß es besser betonen: Wir haben nur *eine* Bettdecke! Der Ton liegt auf eine, und das ist der Haken oder auch nicht, denn wir haben uns ja mehr oder weniger versprochen, in guten wie in schlechten Zeiten, wie gesagt, also nicht voneinander zu lassen, auch wenn's stürmt, hagelt oder schneit. Oder haben wir uns versprochen? Ja, das sind so kleine Widerhaken im Leben, bis daß der Tod euch die Bettdecke wegzieht. Und deshalb haben auch viele, vielmehr sogar die meisten, das weiß ich jetzt nicht so genau, zwei Bettdecken und brauchen deshalb nicht jedesmal alles hin und her zu ziehen. Wenn ich nachts wach werde und feststelle, daß ich bloß gestört worden bin, weil meine Frau, ohne Absicht natürlich, sich im Schlaf rumgedreht und gleich die ganze Bettdecke mitgerissen hat, gehe ich ganz vorsichtig und langsam zu ihr hin und ziehe mir meinen Teil Zentimeter für Zentimeter wieder zurück. Manchmal klappt's, manchmal nicht. Ich bin der Gefährlichere von uns beiden, weil ich nicht auf dem Rücken schlafe. »Versuch's doch mal«, sagt meine Frau schon seit einem Jahrzehnt, »versuch's doch mal.« Ich lehne ab. Ich schlafe mal auf der einen Seite und dann wieder auf der anderen. Und dann reiße ich schon mal alles an mich, so wie man manchmal den ganzen rohen Schinken mit einem Biß von der Brötchenhälfte runterzieht. Ohne Absicht natürlich, im Schlaf, und dann holt sich meine Frau wieder alles zurück. Manchmal murmelt sie dabei etwas völlig Unverständliches und schläft mit der Nasenspitze nach oben weiter. Wenn ich nachts spät nach

Hause komme, von der Arbeit natürlich, dann mache ich oft kein Licht an und versuche mich im Dunkeln zurechtzufinden. Dabei setze ich meistens meine Brille ab. Nachts sehe ich ohne Brille doppelt so gut, und dann gehe ich ganz vorsichtig zu Bett oder nach Bett, wie der Niederrheiner sagt, damit sie nicht wach wird, und dann suche ich erst mal die entsprechende Ecke von der Bettdecke, an der ich dann ganz langsam ziehe, damit ich auch was von ihr habe. Meistens geht es schief. Sie wird wach und sagt: »Nimm mir nicht alles von der Bettdecke weg.« »Nein«, sage ich, »nur die Hälfte.« Nun werden Sie sicher denken, warum haben die sich nicht schon längst zwei Bettdecken gekauft, für jeden eine. Das ist richtig. Rational o. k. Aber emotional möchten wir doch manchmal ganz gern und ganz schnell wissen, ob der andere noch da ist. Das Gefühl kennen Sie sicher, es sei denn: Sie schlafen getrennt, weil einer von beiden zu stark schnarcht! Aber das ist eine andere Geschichte.

Haben Sie sich auseinandergesetzt
Mit Freunden oder mit Feinden
macht man das ja manchmal
Da will man nochmal mit der Faust auf den Tisch
schlagen
Oder auch nur spazierengehen
Ist ja auch was gesellschaftliches oder nicht
Ich meine ich bin da nicht so bewandert
Und man muß das ja jedem überlassen
Was er für ein Ziel hat
Nicht wahr
Ein Lebensziel ein Fernziel oder ein Nahziel
Wichtig ist glaub ich nur daß man unter Menschen
ist
Und sieht wie weit man bis jetzt gekommen
Und daß der Mensch ein Mensch wird
Oder schon einer ist und dann vielleicht noch mehr
Mensch wird
Das ist ja eine schwierige Geschichte
Das geht nicht von heut auf morgen
Ich muß mal meine Brille putzen
Ich vergeß das immer
Es gibt Leute die reißen mir manchmal die Brille
Einfach von der Nase
Weil sie nicht länger mit ansehen wollen
Daß meine Brille so dreckig ist
Weil sie nicht einsehen wollen daß ich mir die Augen
Kaputtmache
Für nichts und wieder nichts
Denn das meiste in der Geschichte ist ja doch
Für nichts und wieder nichts.

Ziehen Sie auch manchmal Ihre Schuhe vor Ihrer langen Hose an? Ich wende mich jetzt hauptsächlich an uns Männer! Ich weiß gar nicht, ob ich einfach so pauschal »uns Männer« sagen darf. Denn es werden ja immer ein paar Männer da sein, die sofort aufspringen und sagen: »Ich gehöre nicht dazu! Ich ziehe meine Schuhe immer erst an, wenn ich die Hose – die lange – schon lange anhabe! Das wäre ja noch schöner als schön, wenn ich die Reihenfolge nicht mehr wüßte! Ich bin ja kein seniler Greis!« Das ist richtig! Denn um die Reihenfolge geht es schließlich! Und da mache ich oft den zweiten Schritt vor dem ersten Schritt, weil ich mit meinen Gedanken schon beim dritten Schritt bin. Und so kommt alles durcheinander! Weil ich schon bei der einen Sache an die andere Sache denke, steht die ganze Reihenfolge auf dem Kopf. Obwohl ich mir zehn Sekunden zuvor gesagt habe: »Du mußt die Hose zuerst anziehen und dann die Schuhe«, habe ich auf einmal wie automatisch die Schuhe an, ohne die Hose vorher angezogen zu haben. Und ich kann dann die lange Hose nicht über die Schuhe anziehen. Dafür ist die viel zu eng! Also muß ich die Schuhe wieder ausziehen! Mache ich auch meistens! Was bleibt mir anderes übrig? Obwohl mich das manchmal so ärgert, daß ich am liebsten alles wieder ausziehen und einfach wieder ins Bett gehen möchte! Aber solche Kleinigkeiten halten mich wach! Ich denke immer an alles Mögliche auf einmal und bin daher immer meiner Zeit voraus! Ich mache einen Brief zu, Marke drauf, bin in Gedanken schon auf dem Weg zum Briefkasten, gehe im Geiste die Leerungszeiten durch, da sehe ich, daß ich eine wichtige Notiz nicht in den Brief getan habe, die ich mir extra zurechtgelegt hatte, damit ich nicht vergesse, sie mit in den Brief zu tun! Pusteblume! Der Brief ist zu und die Notiz nicht drin! Dann reiße ich vor lauter Wut über mich selbst den Brief in tausend Fetzen, weil ich alles noch einmal machen muß! Manche halten den Brief über Wasserdampf. Ich nicht! Ich bin der wütende Greis, der nicht mehr funktioniert! Und kann mich nicht beruhigen! Also bei den Schuhen vor der Hose, da sage ich mir immer: »Da zieht man sich eben noch mal von vorne an!« Aber wenn man einen Brief zumacht, ohne die wichtigste Nachricht mit hineinzutun, das halte ich dann schon für einen Pflegefall! Ich habe sogar schon mal Briefe zugeklebt, in denen überhaupt nichts drin war! Da war ich wohl wieder mit meinen Gedanken in der Arktis! Jedenfalls, ich klebe die Marke drauf, nachdem ich den Umschlag, mit Tesa-Streifen verstärkt, zugeklebt habe, und sehe, daß der Brief mit seinen vier Seiten noch auf dem Tisch liegt, als wolle er einfach nicht verschickt werden! Das sind Sekunden, sage ich Ihnen, in denen ich mich schon nicht mehr unter den Lebenden wähne und wo ich mir sofort sage: »Jetzt sollen mal die Jungen, jetzt sollen doch mal die Jungen ran! Mal sehen, wann die die Schuhe vor der Hose anziehen!

Diesmal ist es mir wahnsinnig schwer gefallen, wahnsinnig schwer! Ob das am Alter liegt? Ich kann mich immer nur sehr schwer nach den Ferien wieder in dem gewohnten Alltagsbetrieb zurechtfinden. Aber diesmal war es ganz schlimm! Ich wollte überhaupt nicht mehr nach Hause. Ich wollte keine Termine mehr, kein Telefon, keine dumme Rederei, kein Fernsehen, keine Zeitung und vor allen Dingen keine Post! Keine Post! Keine Einladungen! »Wir möchten Sie gerne zu unserem Symposion ›Was haben der katholische und der evangelische Mensch am 30. Oktober gemeinsam?‹ einladen«!

Italien ist teuer, aber herrlich! Und wenn man dann ein bißchen Italienisch kann, ist das schon was wert! Wir haben uns immer gegenseitig abgehört: cucchiaio – der Löffel; forchetta – die Gabel; coltello – das Messer; cetriolo – die Gurke; sedano – der Sellerie; basta così – jetzt reicht's; grazie a lei – danke ebenfalls; prego – bitte und non importa – das macht nix! »Das macht nix!« habe ich oft angewandt. Immer, wenn mir einer mal auf den Fuß getreten ist: non importa! Wir waren wieder drei Tage in Florenz. Teuer, aber künstlerisch wertvoll. Man kann alles auf einmal gar nicht mitkriegen. Den David und die Pietà in dem einen Laden, wo die Figuren stehen, die noch halb in Stein sind, weil der Papst damals kein Geld mehr hatte, um die völlig aus dem Stein herauszuhauen! Hat die Führerin uns erzählt. Das sind unvollendete Denkmäler. Aber teuer, sage ich Ihnen! Teuer, aber lecker! Und wenn ich zu Hause eine Graubrotschnitte in eine Pfanne lege und ein bißchen anschreuen lasse und lege dann noch ein bißchen Leberwurst und kurz angebratenes Hackfleisch drauf, habe ich auch Crostini alla Toscana! Wir waren diesmal auch in den Uffizien! Am ersten Tag habe wir uns beinahe die Füße kaputtgelaufen, auch in den Museen, von einem Zimmer ins andere, oben unterm Dach! Ich kann nur sagen: Wenn man von Florenz nach Hause kommt, hat man nur Jahreszahlen im Kopf. Ein Maler neben dem anderen. Michelangelo habe wir auch gesehen! »Mein Gott!« habe ich zu meiner Frau gesagt, »ist der Mann alt geworden!« Und die »Grablegung« von Vitello Tonnato! Die haben sie gerade restauriert. Schade! Und dann habe ich noch ein

Selbstbildnis von mir entdeckt – 1441 bis 1503! Ich hänge da direkt neben Tintoretto! Das ist schon ein eigenartiges Gefühl, wenn man davorsteht und schon fast 500 Jahre tot ist! Aber das ist eben Florenz! Teuer, aber oho!

In den kommenden großen Ferien
Haben wir unnachahmliche Dinge vor
Wir möchten einige Dinge unternehmen
Die wir bis jetzt noch nie unternommen haben
Wir wollen uns zum Beispiel
Von unserem Land und unserer Zeit verabschieden
Wir stimmen mit beiden nicht mehr so ganz überein
Es tut uns leid
Aber die Jahre sind dahin
Gut
In den großen Ferien werden wir natürlich auch
Einen alten Wald bewundern
Und uns vorsichtig einem dunklen See nähern
Und endlich ein dickes Buch das wir schon immer zu Ende lesen
Wollten
Zu Ende lesen
Niemand soll uns erreichen
Wir haben uns vorgenommen Haken zu schlagen
Und wollen ständig unsere Spuren verwischen
Und eine Sprache sprechen die uns nicht verrät
Nicht mal eine weiße Fahne werden wir mitführen
In den großen Ferien wollen wir ein Narrenschiff stehlen
Natürlich ein lächerliches Ruderboot
Und werden so weit aufs Meer hinausfahren
Daß niemand unser Weinen hört
Manchmal nachts
Wenn wir der Widersprüche nicht Herr werden
In den großen Ferien
Wollen wir einen Segelflieger bitten

Uns hinaufzufliegen
Daß wir einmal die Erde ohne uns sehen
In den großen Ferien
Werden wir natürlich auch eine Eisdiele besuchen
Einen Zoo
Eine alte gemütliche Kirche
Und eine Tropfsteinhöhle
Wie das so üblich ist
Aber wer uns nach Land und Zeit fragt
Nach Antworten und Lösungen
Nach Vergangenheit und Zukunft
Dem wollen wir in den großen Ferien einen Kuß
Auf die Stirn geben
Denn so heilig und so fehlerlos wollen wir in den
großen Ferien
Nicht sein
In den großen Ferien möchten wir fröhlich sein
Und eine Geschichte der Gleich-Gültigkeit schreiben
Und wenn wir nach wenigen Wochen zurückkehren
müssen
Wird es denken wir früh genug sein
Sich dann den staatlichen Aufsichtsbehörden
Und einer vernunftbegabten Gesellschaft
Wieder zu stellen
Wenn nichts dazwischenkommt.

Eigentlich wollte ich die folgende Geschichte gar nicht schreiben. Aber meine Frau hat gesagt: »Schreib sie ruhig auf, du mußt nicht immer nur lustig sein, du kannst zwischendurch ruhig mal etwas Leises erzählen!« Das Leise kommt sowieso immer mehr aus der Mode! Auch in der Kleinkunst! Und da meine Frau ja immer recht hat und in meinen Geschichten sowieso oft vorkommt, habe ich die Geschichte dann doch geschrieben. Also: Wir waren am spazieren gehen – so sagt man am Niederrhein – am spazieren gehen – das kommt aus dem Englischen – da sagt man ja auch: I am going to see – in Homberg am Niederrhein, gegenüber von Ruhrort. Da sagt man zum Beispiel nicht: »Nimm Platz!« Sondern: »Geh sitzen!« Da wußte ich als Kind nie, was ich machen sollte! Gehen oder sitzen! Meine Omma sagte immer: »Geh ma auf de Bank sitzen!« Da bin ich zuerst auf der Bank ein paar Schritte gegangen und dann habe ich mich erst hingesetzt! Also: Wir waren am spazieren gehen, das heißt, wir wollten in den Circus Roncalli, die Karten hatten wir schon, und da wir noch ein bißchen Zeit hatten, sind wir noch eine halbe Stunde spazieren gegangen und haben uns alles mögliche angeguckt! Also wunderbare Geschäfte mit wunderschönen Sachen. Und meine Frau sagte: »Kannst ja froh sein, daß Sonntag ist!« Auf einmal hörten wir hinter uns – wir sind gar nicht schnell gegangen –, hörten wir hinter uns, wie eine Frau zu jemandem sagte: »Und jetzt ist hier eine Sparkasse genau vor uns, wo wir jetzt stehen, und in der Sparkasse ist ein Käthe-Kollwitz-Museum, und gleich daneben ist eine große Buchhandlung mit vielen Rolltreppen innen drin, und unten ist ein Café. Da kann man sitzen und lesen! Und dann kommt ein paar Schritte weiter ein Herrenbekleidungsgeschäft, und um die Ecke ist dann noch ein kleiner Platz, da kann man auch sitzen und Kaffee trinken ...« Und allmählich merkten wir, daß die Frau zu einem blinden Mann sprach, daß die Frau dem blinden Mann die Welt erklärte, unsere Welt! Und das hat uns ganz schön berührt! Wahrscheinlich, weil wir auf einmal ganz stark merkten, was wir für ein Glück haben mit unseren sogenannten offenen Augen! Und ich habe mir nur eine Sekunde – länger geht das gar nicht –, eine Sekunde vorgestellt, wie das wohl ist, blind zu sein und nicht zu wissen, wie die Welt aussieht! Oder vielleicht hat man es mal gewußt und ist dann blind geworden! Wie oft sagen wir doch: Man möchte nichts mehr hören und sehen! Aber wenn einer überhaupt nichts von der Welt weiß, was stellt der sich unter einer Sparkasse vor oder unter einem Herrenbekleidungsgeschäft! Was muß in dessen Kopf alles vor sich gehen? Ich frage das jetzt mal als Laie! Wissenschaftlich weiß man sicher längst Bescheid. Ja, und als wir schon lang im Zirkus saßen und unsere Popcorntüten in der Hand hatten, dachten wir immer noch an die Frau, die dem blinden Mann die Welt erklärte! Unsere Welt! Und erst als die zarten weißen Pferde, die mich sowieso immer zu Tränen rühren, ungestüm in die Manege liefen, vergaßen wir den blinden Mann und gaben uns einem großen zirzensischen Erlebnis hin. Und meine Frau hat am nächsten Tag gesagt: »Du kannst die Geschichte ruhig aufschreiben und erzählen!« Was ich hiermit getan habe!

Sie wissen ja, daß ich in vorgerückter Stunde Plaucius Plusius Optimus genannt werde. Und zwar hat mich meine Frau drauf gebracht: Weil ich erstens eine Plautze habe – daher Plaucius – und weil ich zweitens so gern eigenhändig und stundenlang Plusen vom Teppichboden auflese. Ich kann tasächlich jeden Staubsauger ersetzen. Sollte also mal Ihr Staubsauger kaputt sein – Anruf genügt! Deshalb heiße ich Plusius; und Optimus, weil ich darin der Beste bin! Also latinisiert: Plaucius Plusius Optimus! – Laßt ganz dicke Männer um mich sein, so hieß es doch im ganz alten Rom. Und ich habe schon damals, auch im Senat, wenn da gerade Pause war, die Plusen aufgelesen. Ehrenamtlich – also nebenbei! Eigentlich war ich hauptberuflich Geschichtenerzähler und hatte damals den Beinamen »Eloquentius! – »Der Beredsame«! Aber nur so lange, bis eines Tages Gaius Petronius Secundus auf mich zukam, als ich gerade Plusen im Senat auflas, und zu mir sagte: »Auch du, mein Sohn Plusius …« Und das war sehr gefährlich damals, wenn jemand zu einem anderen sagte: »Auch du, mein Sohn …« Damals lagen im ganz alten Rom immer Mord und Totschlag in der Luft, die sonst sehr angenehm und milde war – die Luft – mit einem Wort: heiter – serenissima! Es gab eine Frau in Rom, die hieß Serenissima und war eine Hellseherin! Und die hat mir dann geraten, Rom doch lieber zu verlassen. Und das habe ich dann auch um die Mittagszeit gemacht, als gerade der Stierkampf tobte – excusa! Der Stierkampf, das war ja in Spanien, als ich unter Elisabeth von Kastanien und Ferdinand von Aquavitanien Schnallenputzer war, und Christoph Colón getroffen habe – das ist der mit dem Ei, also der das westindische Ei entdeckt hat, also das Stopfei, wo man so den Strumpf drüberziehen muß. Ich war also Schnallenputzer. Das war im ganz alten Spanien eine angesehene Position; danach kam gleich der »Don« und dann der »Grande« – glaube ich. Zuerst war man Speichellecker, dann Stiefellecker, dann Stiefelknecht, dann Knecht, dann Putzer, dann Schuhputzer, dann Schnallenputzer! Und dann gab es, glaube ich, noch den Oberschnallenputzer! Der kam direkt unter dem »Don«! Ich wollte damals im ganz alten Spanien auf der »Santa Maria« von Christoph Colón anheuern – wegen des westindischen Stopfeis –, und als ich ihn traf, habe ich gesagt: »Capitán«, habe ich gesagt, »Capitán, ich habe weder Mütterlein noch Väterlein, könnt Ihr nicht einen gebrauchen, der Euch, wenn Ihr auf der ›Santa Maria‹ fein ausgeht, täglich die Schnallenschuhe putzt?« Er aber sagte nur: »Adelante!« Und ging vorüber! Nun, wenn er mich mitgenommen hätte, dann hätte er sicher das westindische Stopfei entdeckt. So aber müssen wir heute alle mit dem alten Amerika vorliebnehmen. Ich bin dann später, als ich bei Elisabeth von Kastanien und Ferdinand von Aquavitanien in Ungnade fiel, an den Niederrhein geflohen – was ich bis heute nicht bereut habe!

Und hier ein paar ausgesuchte Angebote aus dem Shop für »Verschiedenes!« Vielleicht ist ja für Ihr Leben auch was »Brauchbares« dabei! Zum Beispiel: Fälle Bäume! Telefon: Dreizehn – Fünfundfünfzig – Siebenundfünfzig! Ich wiederhole: Fälle Bäume! Telefon: Dreizehn – Fünfundfünfzig – Siebenundfünfzig! – Wollt ihr zusammen mit uns singen? An jedem Dienstag, ab 18 Uhr, in Heddernheim! Unser Leben hat einen Sinn! Aber welchen? Postfach: Sechsundfünfzig – Dreiundvierzig! Ich wiederhole: Sechsundfünfzig – Dreiundvierzig! Wollt ihr zusammen mit uns singen? Und dabei Lack- und Latex-Kleidung tragen? – Welche ältere Dame möchte nicht ins Altersheim? Im Raume Vogelsberg! – Fälle Bäume! Dreizehn – Fünfundfünfzig –

Siebenundfünfzig! – Verschenke Herrenrad mit Gangschaltung gegen Reparatur von Damenrad! – Welche Friseuse kommt ins Haus? Ich wiederhole: Welche Friseuse kommt ins Haus? Telefon: Sechsundsechzig – Achtundsechzig – Fünfundachtzig! Oder Telefon: Zweiundsechzig – Dreiundzwanzig – Sechsunddreißig! – Zauberer gesucht? Bin schon da! – Garten abzugeben! – Ein-Mann-Orchester! Neunundzwanzig – Zweiundneunzig – Dreiundsiebzig! Neunundzwanzig – Zweiundneunzig – Dreiundsiebzig! – Unser Leben hat einen Sinn! Welchen? Postfach: Sechsundfünfzig – Dreiundvierzig! – Dachdecker sucht Kaminschaden! – Tanzmusik mit Rüdiger! – Kegelpaare alle vierzehn Tage bei Müller! Telefon: Einundsechzig – Siebenundneunzig – Achtundvierzig! – Lieben, Streiten, Nähe, Abstand, Wärme, Zukunft! Bitte, nur ernstgemeinte Bildzuschriften! – Fälle Bäume! Telefon: Dreizehn – Fünfundfünfzig – Siebenundfünfzig! – Das waren einige Angebote aus dem Shop für »Verschiedenes«! Vielleicht war auch für Sie etwas »Brauchbares« dabei?

Sagen Sie mal, ich habe da ein paar Sachen, die eigentlich nicht so wichtig sind, obwohl ich mich mit denen immer rumschlagen muß. Oder sagen wir es mal so: Sie sind im allgemeinen nicht von Bedeutung, aber für mich – also im einzelnen – schon! Und zwar: Ich gehe zum Beispiel kaum ins Kino – kaum! Höchstens einmal alle zwei bis drei Jahre, und dann auch nur, wenn mich jemand mitnimmt, also regelrecht wie ein Kind an die Hand nimmt, und sagt: »So, jetzt gehen wir zwei mal ins Kino!« Sonst kriegen mich da keine zehn Pferde hin. Ich meine, nix gegen Kino! Es gibt ja auch wirklich gute Filme! Das höre ich immer! Daß sie jetzt alle reingehen in diesen einen berühmten Film! Der läuft dann schon über 30 Wochen und hat sieben »Oscars«! Ich weiß das schon, und ich habe auch nichts gegen den Film, nur: Ich geh' nicht hin, ich geh' nicht rein! Neulich habe ich so gedacht in dem Film – wie heißt der doch – Sie wissen schon – über den hat alle Welt gesagt: ungeheuer! Der Film ist einfach ungeheuer! Da muß man rein! Und ich hatte auch gerade ein bißchen Zeit und dachte mir: Da gehst du jetzt aber wirklich mal rein! Weil, das muß ich sagen, wenn ich wirklich schon mal in einen Film gegangen bin – früher, so alle zwei bis drei Jahre –, war ich eigentlich nie enttäuscht, nee, im Gegenteil! Ich habe mir dann immer gesagt: »Du solltest öfter ins Kino gehen!« Weil es doch sehr anregt. Und es gibt Leute, auch Bekannte von mir, die leben fast nur im Kino. Wenn man die fragt: »Wie geht's und so?«, sagen die gleich: »Es geht mir wie in dem Film, den ich neulich gesehen habe, wo der Mann aus der Affäre beinahe nicht mehr rausgekommen wäre. Aber der Film war so glänzend gemacht, daß die Frau dann doch noch in letzter Minute die Ehe retten konnte. So geht es mir auch oder fast genauso, sagen dann die Leute immer. Ich meine, »Woody Allen« finde ich auch gut – kein Problem –, nur ich raffe mich so schwer auf, ich bin so schwerfällig! Bei dem also, der mit dem Wolf..., da wollte ich ganz bestimmt hin, weil ich dachte, hinterher bist du froh, daß du drin gewesen bist. Und dann bin ich doch nicht hingegangen, weil der, glaube ich, 31/2 Stunden dauert, und ich war schon so müde, und da habe ich mich lieber ein Stündchen hingelegt. Und daraus wurden dann zwei Stündchen. Und dann mußte ich noch anrufen, und das ist dann schon zuviel für mich! Obwohl ich mir gesagt habe: Das hätte dich bestimmt angeregt! Den letzten Film, den ich gesehen habe..., aber das sind ja auch schon wieder mindestens zwei Jahre her. Damals war ich auch riesig froh, daß ich drin war! Aber manchmal denke ich: Ach Gott, wo man überall hingehen soll – was einem die Leute so alles empfehlen! Nee, da gehe ich lieber schön essen und anschließend schlafen! Ja – und dann muß ich ja auch diese Geschichte schreiben! Was soll man denn alles noch im Leben machen? Aber vielleicht nimmt mich wieder mal jemand mit, oder meine Frau sagt: »Wir sollten mal wieder ins Kino gehen!« »Ja gut«, sage ich dann, »wo du hingehst, da will auch ich hingehen!« Tja! Und so komme ich dann ab und zu in den Genuß eines künstlerisch wertvollen Augenblicks!

Diesmal waren die Festtage nicht so anstrengend – die Feiertage waren eigentlich ganz normal: freitags Heiligabend, dann noch Samstag und Sonntag! Aus! Schluß! Ende! Jedenfalls, wenn der Heilige Abend demnächst wieder mal auf einen Montag fällt und die 4-Tage-Woche überall eingeführt ist, dann ist Freitag bis Donnerstag Weihnachten! Und alle fahren in die Karibik oder in die Südsee! Aloha he! Leise rieselt der Schnee! Der künstliche natürlich – der natürlich künstliche! Und dann kriegt man von so einem »Waikiki-Girl« noch einen kleinen Tannenbaum aus Palmenblättern um den Hals gehängt, und dann sitzt man da im halbseidenen Jogging-Anzug wie König Herodes am Rosenmontag und feiert »Deutsche Weihnacht« aus der Dose! Aber diesmal, muß ich sagen, war es erträglich! Viele liegen nach den Feiertagen ja völlig am Boden, weil sie der Christbaumschmuck so geblendet hat und die Weihnachtsgans nicht vor und zurück wollte, weil der Magen völlig ausgebucht war. Die liegen dann mit verdrehten Augen auf dem Teppichboden und rufen nach dem Alltag: »Alltag, komme endlich herbei! Verwandte, geht endlich nach Hause! Kinder, spielt endlich wieder auf der Straße! Nachbarn, macht bloß keinen Antrittsbesuch! Untermieter, stelle endlich deinen CD-Player ab!« Und dann wieder: »Magen, sei bitte nicht so verdorben!« Ich kann das verstehen! Die machen dann richtig einen drauf, anstatt sich zu besinnen! Aber diesmal ist man gar nicht zur Besinnung gekommen – ich auch nicht! Das ging ja ruckzuck! Als hätten sie jetzt schon einen Feiertag gestrichen! Sonntagabend – aus! Ende! Schluß! Manche montieren dann sofort den Baum ab – 24 Uhr, Ende der Fahnenstange! Die Kampagne ist vorbei, hätte ich beinahe gesagt. Manche probieren dann schon gleich die Larve für Silvester. Bei uns steht der Baum fast bis zum 10. Januar! Es kann Faulheit sein, Bequemlichkeit wahrscheinlich! Aber es nutzt alles nix, die Zeit geht über unsereinen hinweg. Ob da Silvester auf einen Freitag oder auf einen Samstag fällt oder auf einen Montag, das ist der Zeit völlig wurscht! Meine Uhr, die bleibt schon mal stehen, aber die Zeit nicht! Die rast und rast über Berg und Tal, durch Dörfer und Städte, über Wüsten und Steppen – man kann fast sagen: Sie geht über Leichen, wenn man so zurückblickt! Keiner kann sie aufhalten! Es gibt Morgen und Abend, Tag und Nacht, und immer so weiter und so weiter! Und deshalb habe ich zu mir gesagt: »Steh du jetzt mal am besten von deinem Teppichboden auf und guck aus dem Fenster raus, dann siehst du, wie die Leute schon wieder überall auf den Beinen sind, um die Zeit einzuholen!« Vielleicht kommen sie dann ein bißchen zur Besinnung!

Ich habe mal eine Frage, die eigentlich uralt ist: Glauben Sie auch, daß Soldaten keine Mörder sind? Oder nicht? Oder wenn ja, warum? Oder nur streckenweise? Oder nur indirekt, aber potentiell? »Kommt ganz darauf an«, sagte mir neulich einer, »wo der Krieg stattfindet!« Um es niederrheinisch zu sagen: Ich weiß et auch nicht so genau! Der Schultheiß-Junge bei uns nebenan – ein paar Häuser weiter –, der ist jetzt auch beim Bund. Und das ist so ein netter Junge, sage ich immer zu meiner Frau. Der ist doch wirklich immer nett, obwohl wir uns ja nicht näher kennen! Immer hilfsbereit! Und die Eltern sind auch ganz patente Leute – also richtig sympathisch! Grüßen auch immer so nett! Nun hat man das ja öfter. Das liest man auch immer wieder in der Zeitung, daß Mörder oft ganz nette Kinder waren. Und alle Welt ist völlig überrascht, wenn einer ein Mädchen grausam umbringt, weil der als Junge doch immer so nett und bescheiden und zurückhaltend war. Und die Omma kann es auch nicht fassen, daß ihr Diethelm das alles gemacht haben soll! Und wenn ich mir überlege, daß der Schultheiß-Junge jetzt beim Bund ist, dann kann ich doch nicht sagen, daß der, weil er Soldat ist, ein Mörder ist! Erst wenn Krieg käme – also ausbrechen täte –, dann könne er vielleicht ein Mörder werden – automatisch! So hat das wohl auch der Tucholsky gemeint! Und mein Verfassungsgericht hat immerhin festgestellt, daß das eine zulässige Meinungsäußerung sein könne. Und darüber hat sich ein General aufgeregt. Da habe ich gedacht, ich müßte auch noch meinen Senf dazugeben: Also, Soldaten sind natürlich nicht jedesmal, sondern nur, wenn es darauf ankommt, dann könnte man sagen, daß der Schultheiß-Junge, wenn es hart auf hart käme, seine handwerkliche Pflicht tun müßte. Der arme Junge, der ist viel zu zart dafür, der hat so feine Hände und immer so ein weiches Gesicht – wirklich nett, wie gesagt! Der müßte dann auch Mörder sein, um Vater- und Mutterland zu schützen! Der wäre dann ein »Verteidigungsmörder«! Es ist ziemlich kompliziert. Und der Kurt Tucholsky, der fehlt uns an allen Ecken und Kanten, um mal genau zu erklären, wen oder was er gemeint hat. Ich meine, ich weiß schon, wie er das gemeint hat – und die Geschichte hat es auch pausenlos bewiesen, und zwar eindeutig! Vielleicht könnte man, um alle Gemüter zu beruhigen, einen Kompromiß schließen! Alle Soldaten sind Mörder: die Serben, die Kanadier, die Russen, die Franzosen, die Amerikaner – nur die deutschen Soldaten nicht! Die tun keinem Flieger was zuleide!

Wissen Sie eigentlich noch, wie Sie als Kind waren? Die meisten Leute wissen das nämlich nicht mehr, und sagen, wenn ein Kind mal schreit: »So war ich als Kind nicht, oder?« »Weiß ich doch nicht«, sage ich dann. »Woher soll ich wissen, wie du als Kind warst?« Zu mir haben sie immer gesagt, ich sei ein stilles, ganz scheues Kind gewesen, hätte nie geschrien und immer bis in die Puppen geschlafen! Hat man mir gesagt! Selbst weiß man das ja nicht mehr. Aber wenn die Familie zusammensitzt und in der Mitte das kleine Kind, gerade zehn Monate alt, sagt jeder zum anderen, wie er als Kind war oder gewesen ist oder gewesen sein soll. Da schreit Tante Anna plötzlich auf: »Du hast doch als Kind nur geschrien – tagelang!« »Wer? Ich?« »Ja, du! Und später warst du das bravste Lamm!« »Ich soll als Kind«, sagt dann Onkel Herbert, »jähzornig gewesen sein!« »Bist du ja heute noch«, sagt dann seine Frau. »Bist ja jeck«, sagt dann Onkel Herbert, »du bist doch von uns die Jähzornige, das liegt doch in eurer Familie, der Jähzorn! Da brauche ich mir doch nur deinen Bruder Ernst anzusehen!« »Ja und«, sagt dann seine Frau, »der war als Kind der reine Engel!« »Das ist immer so«, sagt dann die Omma, »die Sanftesten werden später die Wildesten und umgekehrt!« Dann sagt Neffe Emil: »Also ich würde mein Kind ganz frei und ganz offen großziehen, mit ihm über alles reden und einfach von vornherein mehr Demokratie für Kinder wagen!« »Das würde ich nicht tun«, sagt dann Tante Hilde, »solche Kinder tanzen jedem auf dem Kopf herum und sind am Schluß ganz unzufrieden! Ich würde das Kind zwar stundenlang schreien lassen, schon wegen der Lungen, aber ein kleiner Klaps muß auch mal sein!« Darauf fängt das kleine Kind an, laut zu lachen. Und Nichte Helga sagt: »Ich soll als Kind sehr fröhlich gewesen sein.« »Ist doch gar nicht wahr! Du warst als Kind reichlich verwöhnt, dich haben doch deine Eltern bei jedem Pieps aus dem Bett gerissen, stundenlang durch die Wohnung getragen, bis du total wach warst! Aber wenn du Mittelpunkt warst, dann war alles wieder gut!« »So war ich als Kind nicht«, sagt dann Tante Emma. »Du!« schreit dann Tante Anna wieder auf. »Du! Du warst doch als Kind – du warst ja gar kein Kind – du warst doch die personifizierte Eitelkeit, die Prinzessin auf der Erbse!« »Und du!« schreit dann Tante Emma völlig atemlos zurück, »du warst doch als Kind... du hast doch erst mit vier Jahren gesprochen!« Daraufhin fängt das kleine Kind an zu schreien – ganz laut – und schlägt mit dem Löffel auf den Tisch. Und jeder sagt es zwar nicht mehr, aber jeder denkt: So war ich als Kind aber nicht! Oder?

Also die Geschichte mit den Einkaufstüten, die sich,

wenn man sie abstellt, nicht an die Wand anlehnen, sondern immer zu einem zurückkommen, die kennen Sie ja schon! Und die Geschichte mit dem Butterbrot, das immer, wenn es runterfällt, mit der geschmierten Seite nach unten auf dem Boden liegt – nie nach oben –, die kennen Sie ja auch! Aber ich habe jetzt für mich in dieser Beziehung was ganz Neues entdeckt! Ich weiß nicht, ob Sie das auch haben, wahrscheinlich nicht! Aber vielleicht kommt das noch! Also: Ich rufe manchmal die Zeit an. Wie heißt das Dinges – 0119? Um rauszukriegen, wie spät es genau ist. Wir haben nämlich fünf bis sechs Uhren, und die gehen alle, wie sie wollen – wollen mal sagen, auf die Dinger ist kein Verlaß mehr drauf, inklusive meiner Armbanduhr! Da weiß ich nie, geht die nun vor oder nach, oder geht sie überhaupt nicht mehr und so weiter. Und bei den anderen Uhren muß man immer dagegen klopfen, dann geht die Batterie wieder. Dann ist der kleine Zeiger dem großen Zeiger immer im Weg! Wie beispielsweise bei unserer Küchenuhr: Also solchen Uhren kann man es nie recht machen. Und wenn ich dann wirklich mal ganz genau wissen will, wem die Stunde schlägt, dann muß ich die Zeit anrufen! Und da heißt es immer nur: Und 58 Sekunden ... und 14 Sekunden ... Es kommt bei mir nie – sagen wir mal – 11 Uhr, 25 Minuten und 31 Sekunden, sondern immer nur ... und 31 Sekunden! Das macht mich auf die Dauer rasend! Das heißt, ich habe mich inzwischen schon damit abgefunden, daß es keine Stunden und Minuten mehr gibt, sondern nur noch: ...und 21 Sekunden! Aber da kann doch irgend etwas nicht stimmen! Ich habe den furchtbaren Verdacht, daß die Sprecherin meine Stimme kennt und sich sagt, dem spiele ich jetzt mal einen Streich, der kriegt von mir nie mehr eine genaue Uhrzeit, dem schmeiß ich den ganzen Tag durcheinander... und 18 Sekunden! Nun kann man natürlich sagen: »Erlauben Sie mal, Herr Hüsch, nun seien Sie mal nicht so verzweifelt oder ungeduldig oder pingelig, da müssen Sie eben ein paar Sekunden warten, dann läuft das Band ja wieder von vorne!« Aber das ist mir ein schöner Trost, denn das weiß ich selber! Aber soviel Zeit habe ich nun wieder nicht, die paar Sekunden auch noch abzuwarten. Das läppert sich nämlich zusammen. Hier eine Sekunde, da eine Sekunde! Und dann ist das Leben aus! Nee! Das sehe ich nicht ein!... und 26 Sekunden! Ich meine, wenn einem schon die Tüten entgegenkommen und die Butterbrote immer mit der geschmierten Seite nach unten fallen, ok.! Aber bei der Zeit will ich keine Zeit verlieren! Aber was willst du machen, wenn du zu den Auserwählten gehörst? Und 49 Sekunden...!

Mir geht es eigentlich ganz gut, im großen und ganzen! Im kleinen weniger! Im kleinen habe ich manchmal Schwierigkeiten – große Schwierigkeiten im kleinen! Es gibt Tage, an denen begreife ich überhaupt nichts mehr! Ich stehe vor einem Automaten der Bundesbahn – also für Kurzstrecken im Verkehrsverbund, für City- und S-Bahnen im Nahverkehr –, und da leuchtet dann das Schild auf: »Bitte, passend zahlen!« Da gehe ich meistens wortlos weg! Nein umgekehrt! Ich möchte immer mit dem Fuß aufstampfen und dann weggehen! Aber ich bleibe stehen, werde sofort wahnsinnig wütend und sage: »In diesem Lande funktioniert nichts!« Ich halte das Ganze für eine Riesen-Unverschämtheit! Denn man muß sich das einmal vorstellen! Ein Automat sagt zu mir: »Bitte, passend zahlen!« Und wenn ich es nun nicht passend habe! Dann muß ich überall rumlaufen, um mir das Geld passend zu machen. Am Ende muß man wahrscheinlich auch noch das Papier für die Fahrkarte mitbringen! Ich gebe zu, ich bin in solchen Momenten außerordentlich gestört bis verstört, und meine Schimpferei hat bestenfalls theatralische Qualität. Und trotzdem begreife ich mein Verhalten nie: Anstatt ganz ruhig zu bleiben, um mich den Gegebenheiten anzupassen, tobe ich herum. Woran mag das liegen? Wissen Sie auch nicht, oder? – Wie Iwan der Schreckliche –! Ich könnte den ganzen Bahnhof sofort schließen lassen, so beleidigt bin ich. Weil der Automat zu mir sagt: »Bitte, passend zahlen!« Und ich kann noch nicht mal zurücksagen: »Du kannst mich mal!« Gut, ich kann an einen Schalter gehen. Aber die meisten Schalter sind um meine Zeit geschlossen, die meisten Schalter sind immer geschlossen! Und die Schlangen stehen bis in die Altstadt! Das ist eine bodenlose Flegelei! Das kommt wohl daher, weil die armen Schaffner auch noch zusätzlich in der 1. Klasse Kellner spielen müssen! Was die manchmal für Balanceakte vollführen müssen! Das sind Geschichten, die ich nie begreife, obwohl ich sie täglich erlebe! Ich bin von Hause aus eigentlich Melancholiker, aber da könnte ich zum Choleriker werden! Genau so, wenn ich manchmal an meinen Jacken feststelle, daß ein Faden heraussteht. Da werde ich rammdösig! Faden ziehen nennt man das, glaube ich! Also, da möchte ich am liebsten den Faden sofort abschneiden! »Halt!« schreit dann alles um mich herum. »Man macht das Futter auf und zieht den Faden wieder nach innen!« Ich begreife das alles nicht! Und Sie werden sicher sagen: Dem seine Sorgen möchte ich haben! Nein, ich will nicht klagen! Im großen und ganzen –

wie gesagt – geht es mir ja gut! Nur im kleinen habe ich manchmal so Schwierigkeiten! Und wenn man das »Kleine« nicht verarbeitet, gibt es – glaube ich – im »Großen« und »Ganzen« manchmal die Katastrophen! Und kein Mensch weiß am Schluß, wo das herkommt!

Sagen Sie mal: Haben Sie auch immer so viel Kleingeld in der Tasche? Schrecklich! Also bei mir in beiden vorderen Hosentaschen! Ich schleppe das Geld, das Münzgeld, im wahrsten Sinne des Dichterwortes, also wo ich gehe und stehe, stets bei mir – oder auch ganz prosaisch mit mir rum! Also durch die Gegend! Obwohl ich es gar nicht brauche. Sie wissen ja, ich rauche nicht mehr! Das waren – neulich am 6. März – genau dreizehn Jahre her, daß ich schlagartig damit aufgehört habe. Meiner Frau zuliebe – zum Geburtstag! Und es hat geklappt! Kein Rückfall! Nix! Keine Akupunktur! Einfach so! Aber natürlich schlagartig! Sonst hat das keinen Sinn! Und jetzt brauche ich all die Markstücke nicht mehr, die ich sonst immer für die Zigaretten-Automaten gebraucht habe! Die brauche ich doch alle nicht mehr! Und trotzdem – Macht der Gewohnheit – sammle ich die Markstücke in der vorderen rechten Hosentasche! Die muß natürlich stabil sein! Denn wenn da zu viele Markstücke zusammenkommen, dann entsteht in der Hosentasche schon mal ein Loch, und die Markstücke fallen plötzlich alle auf die Straße! Und Sie glauben gar nicht, wie peinlich mir so etwas ist! Nein wirklich! So mitten auf der Straße! Das hätten Sie sicher auch nicht gern! Zumal ich die Markstücke wirklich nicht mehr brauche! Oder sagen wir zu 90 Prozent. Wenn ich früher meine Frau von unterwegs angerufen habe, waren die Markstücke in einer Telefonzelle schnell weg! Aber jetzt habe ich eine Telefonkarte! Der Mensch hat nur noch Karten: Telefonkarte, Bahnkarte, Visitenkarte, Kreditkarte und so weiter! Und da brauche ich die Markstücke auch nicht mehr! Ja, und die anderen Münzen, also die 2- und 5-Mark-Stücke! Die habe ich in der linken vorderen Hosentasche! Also alles schön eingeteilt: Markstücke, Groschen, 50-Pfennig-Stücke und Pfennige überhaupt in der rechten vorderen Hosentasche, 2- und 5-Mark-Stücke in der linken vorderen Hosentasche! Wo ich die Scheine hintu, das geht ja keinen was an! Aber eigentlich ist das alles Quatsch! Gut, man gibt schon mal Trinkgeld, und nicht überall ist ein Kartentelefon, aber Sie können sich nicht vorstellen, wie voll manchmal meine Taschen sind! Andere haben ja Sparschweine für den Betriebsausflug oder für Restaurantbesuche – einmal im Jahr –, aber ich weiß den Grund nicht, warum ich immer mit dem Kleingeld so durch die Gegend rumklimpere! Und die Taschen sehen manchmal schon aus wie Pfeffersäcke! Ganz schlimm! Und meine Frau sagt dann immer: »Ich stopfe die Löcher nicht wieder zu!« Was wollen Sie da machen? Ich habe kaum noch Hosentaschen, ohne Löcher! Und in den Seitentaschen, das geht auch nicht! Denn da fallen ja die Münzen immer direkt in das Futter! Das ist mir dann noch peinlicher!

Ich war neulich wieder mal an der Eiger-Nordwand! Also nicht direkt an der dunkelgrauen Wand! Die geht ja ganz steil nach oben. Wie so eine große Schiefertafel, auf der stehen könnte: »Noli me tangere«! – »Wolle mich nicht berühren«! Das ist eine ganz gefährliche Wand! Aber ich bin schon öfter von Grindelwald aus … – Kennen Sie Grindelwald? – In der Nähe liegt das Finsterahorn, mein Lieblingsberg! Ich war noch nicht drauf! Wie gesagt, von Grindelwald aus bin ich neulich an der Eiger-Nordwand vorbeispaziert. Dort habe ich vor Jahren einmal gesehen – mit dem Fernglas –, wie da einer, es war ein Japaner, raufgeklettert ist. Also einfach so ganz steil hoch klebte der an der Wand fest. Ich sage Ihnen, Wahnsinn! Das fiel mir wieder ein – das sind über zwanzig Jahre her –, als ich neulich wieder einmal von Grindelwald aus die große dunkle Eiger-Nordwand sah. Und da habe ich so gedacht: Was mag wohl aus dem Mann, dem Japaner, geworden sein? Vielleicht ist der inzwischen abgestürzt, oder er lebt jetzt irgendwo in Japan, ist Dentist, hat einen Sohn und eine Geisha und denkt in Japan an die Eiger-Nordwand! Und ich bin in Griechenland und denke an ihn. Merkwürdig, wie das so geht! Und wie alles so zur gleichen Zeit passiert, wenn man so einen Querschnitt durch die ganze Welt macht! Was alles gleichzeitig vonstatten geht! Da trinkt einer in Sydney ein Bier, und hier findet ein Fußballspiel statt. Oder in der Sahelzone verhungern Kinder, und zur gleichen Zeit finden bei uns große Frühlingsfeste statt! Und irgendwo gibts ein Erdbeben, und die Uhren gehen alle durcheinander, aber doch alle gleich! Denn die Ereignisse haben keine Zeit! Hier eilt einer ins Sinfoniekonzert, dort kommt einer auf den elektrischen Stuhl! Wie viele Geschichten rollen Jahr für Jahr ab, gleichzeitig ab! Der Japaner von der Eiger-Nordwand lebt vielleicht schon gar nicht mehr, aber sein Sohn bezwingt den Nanga Parbat. Während ich an seinen Vater denke, an Grindelwald und das Finsterahorn, werden Elefanten ihres Elfenbeins beraubt. Und da wird geschmust und gehandelt, gestritten und geschlagen, operiert und gestorben! Das hält man gar nicht aus, wenn man sich das mal alles so richtig vergegenwärtigt. Wenn man aus dem Urlaub kommt, denkt man doch noch tagelang: Jetzt, um diese Zeit, gingen wir immer in unsere Kneipe! Und: Was wird da jetzt wohl los sein? Was sich alles zur gleichen Zeit auf unserem Erdenrund abspielt: Da wird ein Kind geboren, dort wird ein Krieg begonnen, und ich schreibe hier und schreibe und schreibe, und die Eiger-Nordwand schweigt!

Sagen Sie mal! Kommen Sie auch so gut mit Reißverschlüssen zurecht? Ja? Ich habe mit denen eine Last, kann ich Ihnen sagen! Furchtbar! Wenn es darauf ankäme, wäre ich schon lieber für Knöpfe! Denn entweder bin ich zu doof für so ein Ding, oder ich stell mich zu ungeschickt an! Meine Frau kann das gar nicht begreifen, wenn ich so rumhampele bei diesen Reißverschlüssen, an den langen Jacken, bei denen man einen kleinen Stift erstmal in den Griff stecken muß, um dann alles hochziehen zu können. Ich habe das beobachtet! Andere Menschen machen das bei ihren Blousons oder bei ihren Allwetterjacken oder bei ihren Freizeitkleidern wie im Schlaf! Und die gehen auch noch dabei! Und schwupp, ziehen die den Reißverschluß hoch! Und fertig ist die Laube! Sagte man – glaube ich – früher. Ich bin immer restlos erstaunt, wie die das hinkriegen! Die gehen dabei, gucken gar nicht erst auf den Reißverschluß! Ich muß dabei stehenbleiben und die eine Jackenseite, wo unten der kleine Stift dran ist, nehmen und dann die andere Jackenseite, um den Stift – wie gesagt – dort reinzustecken, wo der Griff von dem Reißverschluß ist! Also ich krieg das Ding nur rein, wenn ich ganz ruhig bleibe – ich stehe dann immer ganz tief gebückt –, und wenn ich dann aber den Reißverschluß hochziehen will, nix! Nix tut sich! Und ich ziehe und zerre! Meistens gebe ich auf und lasse die Jacke offen! Und meine Frau sagt dann sofort: »Warum machst du denn die Jacke nicht zu? Es ist doch kalt genug!« Das mit dem Reißverschluß verstehe ich nicht! Manchmal zieht meineFrau auch noch andere Leute in ein ablenkendes Gespräch, damit die nicht bemerken, daß ich den Reißverschluß nicht zukriege! Und die Jacke hat dazu noch Knöpfe. Aber die sind ohne zusätzlichen Reißverschluß. Nicht besonders belastbar, so daß die Jacke für mich eigentlich hinfällig ist! Ich hasse sowieso Reißverschlüsse, habe ich immer schon getan! Auch die, die man leicht zukriegt! Man kann sich auf keinen Reißverschluß verlassen! Es gibt Leute, die laufen furchtbar gern mit vielen Reißverschlüssen herum! So Motorradritter mit ihren Reißverschluß-Bräuten! Und dann gibt's auch Jung-Millionäre, immer ganz »Understatement«, die haben anthrazitgraue Pullover an mit einem ganz langen Reißverschluß! Und da ist ein Ring als Griff dran! Müssen Sie mal drauf achten! Mit so einem Ring dran, das würde ich ja auch schaffen. Aber nur mit diesem Stift – nee, dann schon lieber Knöpfe! Und dann braucht meine Frau auch nicht immer zu sagen: »Entschuldigen Sie, mein Mann kommt gleich! Er muß nur noch den Reißverschluß zukriegen!«

Ich weiß gar nicht, ob Sie so etwas interessiert? Aber Friedrich der Große soll zuletzt kaum noch einen Zahn gehabt haben! Und sein Diener soll ihn vier Stunden im Arm gehalten haben! Und sein Lieblingshund hat auch noch ein Kissen gekriegt, auf dem Stuhl! Aber es hat alles nix genutzt! Der Mann war ganz große Klasse, habe ich zu meiner Frau gesagt! Friedrich von Preußen und Hohenzollern und Nürnberg und Hannover! Hat aber alles nix genutzt! »Das ist doch der«, hat meine Frau gesagt, »der immer aussah wie der eine Schauspieler, der einen grausamen Vater hatte!« »Ja«, sage ich, »der ist das!« »Der ist doch schon über 200 oder 300 Jahre tot!« »Ja, sicher, aber wenn ich das früher gewußt hätte, wäre ich mit zu der Beerdigung gegangen!« »Du hast den doch gar nicht gekannt! Und außerdem hast du doch gar keine Ahnung von Deutscher Geschichte! Du redest zwar viel, aber wissen tust du doch nix!« »Moment mal«, habe ich da gesagt, »ich bin Preuße, immerhin!« »Ja, das ist aber auch alles«, hat da meine Frau gesagt. »Seit wann interessierst du dich denn für Friedrich den Großen?« »Seit er tot ist«, habe ich da gesagt! »Weil er gestorben ist! Der Mensch«, sage ich, »interessiert sich immer erst für den Menschen, wenn er tot ist!« »Ja, das merke ich«, hat da meine Frau gesagt. »Ich interessiere mich halt für die ganz großen Geister, während du dich zum Beispiel zwar besser auskennst, aber dich nicht interessierst, wenn es richtig darauf ankommt!« »Was heißt denn, wenn es darauf ankommt?« »Tja«, habe ich gesagt, »das heißt ... öh ... das heißt, daß du zum Beispiel keine Pompadour sein kannst, weil du dich nicht interessierst, während ich mich interessiere, aber es gar nicht nötig habe, Friedrich der Große zu sein!« »Du bist doch größenwahnsinnig!« hat da meine Frau gesagt. »Nein, ich bin nicht größenwahnsinnig, ich bin Preuße! Und wenn ich damals in die Nähe vom ›Alten Fritz‹ geraten wäre ...« – »Du kannst ja nicht einmal Blockflöte spielen«, hat da meine Frau gesagt. »Wenn ich in die Nähe des ›Alten Fritz‹ geraten wäre, wäre ich heute Philosoph und könnte Französisch! Enchanté Madame!« »Du wärst im ›Siebenjährigen Krieg‹ gar nicht mehr nach Hause gekommen«, hat da meine Frau gesagt. Das ist eben Geschichte! Und je weiter die Geschichte zurückliegt, desto mehr Feierlichkeiten gibt es später! Ich wäre ja auch gerne in der Nähe von »Friedrich dem Zweiten«, dem großen Staufer, gewesen! »Der war doch genau so schlimm«, hat da meine Frau gesagt. »Aber fortschrittlich! Und der ›Alte Fritz‹ wollte schon damals die Folter abschaffen, die heute immer noch auf vollen Torturen läuft!« »Siehst du«, hat da meine Frau gesagt, »siehst du! Und da willst du immer noch in jeder Geschichte deine Finger drinhaben? Ausgerechnet du!« Da habe ich meine Frau lange angeguckt und gesagt: »Ja, wer denn sonst?«

Sie sind doch sicher auch für
Soziale Einheit in Frieden und Freiheit
Wie ich Sie kenne
Andere sind ja mehr für sozialen Frieden
In Freiheit und Einheit
Oder auch
Für soziale Freiheit
in Einheit und Frieden
Viele sind ja für
Soziale Freizeit
In Saus und Braus
Dafür lebt mancher in sozialem Elend
In Bangen und Würgen
Auf Biegen und Brechen
So gleicht sich alles wieder aus
Dann bleiben wir doch gleich bei
Soziale Einheit
In Frieden und Freiheit oder in Freiheit und Frieden
Ich weiß gar nicht wer sich solch
Einen auswechselbaren Unfug immer ausdenkt
Naja gut
Den Rest erledigt dann die Dialektik.

Männer ernähren sich ungesünder als Frauen! Ich meine, das kann schon sein. Wenn ich da an meine Frau denke, wieviel Teesorten die bei mir schon ausprobiert hat, bis zum Wermut-Tee! Das ist ein ganz bitterer, wissen Sie! Und wenn ich in den dann Süßstoff reintue – ich meine, allein daran kann man eigentlich schon erkennen, daß ich immerhin versuche, mich gesund zu ernähren –, sagt meine Frau: »Dann hilft er nicht, der Wermut-Tee!« Ich sage immer Schwermut-Tee, denn der ist wirklich so bitter! »Nee, wirklich, bei aller Liebe«, sage ich zu meiner Frau, »der schmeckt ja wie Ziegelsteine!« »Ach was«, sagt meine Frau, »ich kann dir auch Brennesseltee machen!« »Nee«, sage ich, »verschone mich mit Tee!« Was ich nämlich schon kenne bei den besonderen Feinheiten der asiatischen Teesorten, das geht auf keinen Fudschijama! Da jagt ein Aroma das andere: mit Kirsch-, mit Kaktus-, mit Kimono-Geschmack, mit Samurai-Blüte! Und wenn ich dann sage: »Mache mir doch bitte einfach mal einen simplen schwarzen Tee«, sagt meine Frau: »Der entwässert ja nicht!« Ganz Ernährungswissenschaftlerin sagt sie: »Der entwässert ja nicht! Und trocknet dich aus!« »Was soll ich da machen?« »Hast du überhaupt heute schon einen Apfel gegessen oder eine Möhre auf der Hand?« Ich sage: »Beides zusammen oder wie?« »Red keinen Blödsinn, du ißt viel zu wenig Frischgemüse! Mal eine Schlangengurke, Kohlrabi al dente, in Scheiben geschnitten!« »Ja«, sage ich, mit Salz und Pfeffer drauf!« »Gesünder wäre es ohne Salz und Pfeffer!« »Dann schmeckt es mir nicht!« »Es kommt nicht darauf an, ob es dir schmeckt, sondern daß du dich gesund ernährst! Wir Frauen ernähren uns jedenfalls gesünder!« »Bravo! Wir Männer sind eben dickfelliger! Bananen, fällt mir dabei ein, stopfen übrigens!« »Dann iß sie, wenn du Durchfall hast!« »Da nehme ich Kohle!« »Bananen sind aber gesünder!« »Kohle wirkt bei mir aber schneller!« »Dann krieg keinen Durchfall! Der kommt nur von deiner schlechten Ernährung! Wie neulich: vier fettige Reibekuchen auf einmal, obwohl du schon einen angeschlagenen Magen hattest! Hirnverbrannt! So was von Unvernunft! Das erzähle ich der ›Deutschen Gesellschaft für Ernährung‹ in Frankfurt!« »Ruf an!« sage ich, »ruf an! Hier ist das Telefon! Ruf an!« »Beim nächsten Mal mache ich das auch«, sagt meine Frau! »Beim nächsten Mal ...« Aber das sagt sie Gott sei Dank immer nur!

Jetzt haben sie wieder etwas rausgekriegt, wo ich sagen muß: Dafür können wir Männer ja nun wirklich nix! Man sollte doch wahrhaftig jedem Tierchen sein Plaisirchen lassen! Und wenn wirklich 75 Prozent aller Frauen sagen, sie seien immer für das Kochen zuständig, und sich nur 21 Prozent der Männer dazu berufen fühlen, dann ist das doch nicht frauenfeindlich, sondern höchstens Faulheit! Obwohl in den Küchen von Restaurants immer nur Männer am Herd stehen! Ja, wenn wir Männer schon mal kochen, dann sind wir Spitzenköche! Aber wie das zustande kommt, das kann ich Ihnen auch nicht sagen. Ich habe die »Frankophilie« nicht mit Löffeln gefressen, ich bin auch nicht begabt oder zu bequem! Ich sage immer: Ich will den Frauen nicht ins Handwerk pfuschen. Da bringe ich lieber den Abfalleimer zum Container und den Container aufs Nachbargrundstück! Dessen Besitzer kocht übrigens wahnsinnig gerne und gut, während ich mich auf der Terrasse herumfleze und meine Frau dann sagt: »Willst du nicht mal ein bißchen Petersilie hacken?«

»Ja, gleich«, sage ich. »Gleich ist die Sonne weg«, sagt meine Frau! Sie will mich damit ärgern, weil sie weiß, daß ich immer dann Spaziergänge vorschlage, wenn es anfängt zu regnen! Kartoffelschälen liegt mir übrigens sehr! Bei allem, was bei Kochkünsten unter mechanische Arbeit fällt, eine Arbeit, bei der ich summen kann und gar nichts denke und fühle, sondern nur bin, blühe ich auf, da bin ich hochbegabt! Aber für andere Leute, Freunde oder Feinde etwas kochen! Nee! Dafür kann man mich nicht gewinnen! Aber Komplimente und Grüße an die Köche auftragen, der Köchin, der Hausfrau ein übers andere Mal mit vollem Mund ein »vorzüglich« zuzunuscheln und zu schmatzen, dazu bin ich jederzeit in der Lage! Aber mich fürs Kochen zuständig fühlen! Welch eine perverse Personalpolitik! Frauen gehören an den Herd! Solche Sätze heiße ich absolut nicht gut! Aber auch der Ruf: Wir gehen zu Otto! Otto kocht! Kommt ihr mit? ist mir nicht angenehm! Mir fällt wieder auf, daß ich eigentlich nichts kann, daß ich wirklich gar nichts kann! Was kannst du eigentlich, frage ich mich oft »selbstzerstörerisch«? Die Antwort gibt immer meine Frau: »Essen kannst du! Essen!« Und da hat sie ausnahmsweise wieder mal recht!

Ich möchte mich ja nicht in Ihre Pläne einmischen, aber die Frage, verehrte Leser, ist doch:

> Alles in Ordnung
> Keine Unsicherheiten
> Kleine weltanschauliche Schwankungen
> Es geht doch manchmal so
> Daß man meint ganz fest im Sattel zu sitzen
> Philosophisch
> Und dann kommt irgendwas dazwischen
> Irgendwas läuft einem über den Weg
> Und alles ist Humbug
> Und man muß völlig von vorne anfangen.

Sind Sie korrupt? Seien Sie mir nicht böse, aber die Frage drängt sich mittlerweile auf. Man will ja nicht zurückstehen! Man muß schließlich manchmal auch mitreden können, damit man die Preise nicht kaputtmacht! Es ist manchmal im Leben so, daß jemand erzählt und erzählt, und man selbst ist gar nicht auf dem laufenden! Oder hat sich bisher einfach zurückgehalten, weil man sich gedacht hat, das macht Vaters einziger preußischer Beamtensohn einfach nicht! Und dann erfährt man, daß sie es alle machen! Darum meine Frage, ob auch Sie korrupt oder bestechlich oder zu kaufen und zu schmieren sind! Das ist heute nix Schlimmes mehr! Wenn jemand graumeliert ist und ein gewisses Alter erreicht hat, kann man davon ausgehen, daß er korrupt ist, wie andere ihren Ehrendoktor kriegen! Obwohl die Wirtschaft ein überragendes Interesse an der Eindämmung von Schmiergeldzahlungen hat. Ist auch klar: Wenn man nicht bestechlich ist, kann man auch nix eindämmen! Und wenn man nix eindämmen kann, macht man auch keine Geschäfte! Die Korruption – habe ich gehört – könne auch unsere Gesellschaft untergraben! Ich bitte Sie! Bei dieser Gesellschaft ist doch nix mehr zu buddeln, der steht doch moralisch das Grundwasser schon bis zum Hals! Ich muß sagen: Lieber fleißig und korrupt als faul und unbestechlich! Mich hat noch niemand geschmiert, weil ich von zu Hause aus dafür zu dumm bin, obwohl ich jetzt – wie gesagt – auch wach geworden bin und mir sage: Was andere können, das kannst du auch! Was andere dürfen, das darfst du erst recht! Wer nicht schmiert, der verliert! Und daher meine Frage, ob Sie auch korrupt sind, weil man sich gegenseitig mal braucht, Erfahrungen austauschen kann oder auch Tips gibt! Ich meine, daß man als soziales Wesen auch gesellschaftlich nicht aus der Reihe tanzen darf! Der korrupte Mensch ist ja nicht von heute auf morgen korrupt geworden! Nein! Nein! Das war eine lange Entwicklung, bis der Mensch sich von dem alten, korrekten moralischen Verhalten lösen konnte und sich nun ganz frei und ganz bestechlich überall bewegen kann! Auf Kongressen und Herbstbällen, Gartenpartys und brisanten politischen Veranstaltungen, Vernissagen und Lotto-Festivals, auf Parteitagen und Massenandachten – ein leicht korruptes Völkchen wandelt da durch die Gassen und Straßen! Und ich soll der einzige sein, der unbestechlich ist? Das sehe ich nicht ein! Nein! Das mache ich nicht mit! Wobei? Ich muß mich natürlich fragen, ob ich überhaupt »bestechungswürdig« bin? Als Künstler! Da wird es sicher Schwierigkeiten geben! Mich haben sie doch eh schon in der Hand! Ganz bestimmt! Und alles ganz ohne Schmiergeld!

Also, ich weiß nicht, wie groß Sie sind. Ich bin 1.73 m, und meine Frau hat neulich zu mir gesagt: »Du bist klein!« Da habe ich erst mal gar nichts gesagt. Das mache ich oft, wenn mir jemand irgend etwas Dummes so daherredet, daß ich eine Zeitlang gar nichts sage, weil ich mir sage, jetzt soll der andere erst einmal sehen, wie er damit fertig wird. Mir einfach so zu sagen, obwohl ich mit dem Thema gar nicht angefangen hatte, ich sei klein. Gut, denke ich mir dann, ohne was zu sagen natürlich, wenn sie mich so sieht, obwohl das objektiv gar nicht stimmt. Ich gebe ja gerne zu: Ich bin nicht groß, wirklich nicht, aber ich bin auch nicht klein. Ich bin weder groß noch klein. Napoleon, der war klein: 1.53 m. Aber ich muß mich doch nicht kleiner machen, als ich bin, so was ist doch dumm, und meine Frau sagte nach dieser Schweigezeit: »Naja, keine Antwort ist auch eine Antwort.« Und um den Frieden jetzt nicht aufs Spiel zu setzen, sage ich einlenkend: Gott, ja, ich wäre auch gerne 1.80 groß. Aber ich bin nicht klein. Ich bin untersetzt, aber ich muß mir deswegen nicht die Absätze erhöhen lassen. Ich bin in einer gewissen Weise kein Kleiner und auch kein Großer. Wenn ich ein bißchen drahtiger wäre, wäre ich ein gestandener untersetzter Mann, wie damals der US-Filmschauspieler van Heflin, wenn er als Ingenieur eine Ölpumpe reparieren mußte, ein kariertes Hemd trug und rötliche Haare hatte. Ich bin auch nicht dick, sondern nur etwas beleibt. Man braucht jedenfalls zu mir nicht »Mein Dicker« zu sagen, wie es Allmuth immer bei Ewald macht. Ich bin ein mittelgroßer, leicht übergewichtiger Mann von 1.73. »Das ist eine Krankheit der Menschheit seit Anbeginn«, sage ich zu meiner Frau, die mich nun schon die ganze Zeit leicht belustigt beobachtet hat. Wahrscheinlich hat sie auch schon festgestellt, daß meine Nasenflügel beginnen zu zittern. Besonders wenn ich zu solchen Sätzen übergehe wie eben: Es ist eine Krankheit der Menschheit seit Anbeginn, sich ständig gegenseitig zu beschreiben, daraus Urteile abzuleiten bis sie sich gegenseitig anfallen und bis auf die Knochen zerfleischen und sich schließlich vertilgen. Da kann ich nur sagen: Gott sei Dank, daß ich klein bin und an mir nicht viel dran ist. »Guten Appetit«, sagte da meine Frau, »das habe ich ja gar nicht gewußt. Du bist nicht nur klein, du bist ja auch noch kleinlich. Also gut, du bist ein mittelgroßer, leicht beleibter, untersetzter, wenn auch zarter, aber doch gestandener Mann. Mein Mann übrigens, den ich mir ausgesucht habe! Ist es jetzt wieder gut?« »Ja, natürlich«, sage ich dann kleinlaut und hake das Ganze unter »Kleinigkeiten« ab.

Eigentlich sollte es ein schöner Tag werden, aber es kam wieder was dazwischen. Es klingelte, und vor der Tür stand Besuch, dem man ansah, daß man ihn tagelang nicht loswürde.

Hatten Sie Besuch
Ach Sie waren verreist
Sie waren zu Besuch
Bei Ihrem Schwager
Ach so bei der Schwägerin verstehe
Das ist doch die Frau Ihres verstorbenen Mannes
Der der Bruder von Ihrer ersten Frau war
Aber da waren Sie nicht
Sondern bei dessen Sohn
Der ist ja jetzt auch schon 32 hat 3 Kinder
In Ludwigsburg
In Ludwigshafen ach so ja
In Ludwigsburg da wohnt ja unsere Schwägerin mit ihrem Bruder
Quatsch
Mit dem Bruder meiner jetzigen Frau
Und die waren bei uns diesmal
Wir waren vorigen Ostern bei denen
Auch sehr schön
Die haben ja einen Riesengarten
Das war natürlich für die Kinder
Aber diesmal sind alle zu uns gekommen
Es glaubt ja kein Mensch mehr an den Osterhasen
Aber wir haben mit den Kindern einen Osterspaziergang gemacht
Vom Eise befreit und so und furchtbar viel gegessen

Einfach leichtsinnig
Man schläft ja dann so schlecht
Aber es war schön es war richtig schön
Keine Hektik kein Trubel einfach Familie
Von früher erzählt und Fotos rausgekramt
Bis auf die Geschichte mit dem runden Tisch in dem einen Lokal
Das gab einen kleinen Mißklang
Aber…
Das hätte gar nicht sein müssen
Meine Frau ist mir glaub ich jetzt noch böse
Das war Gott sei Dank erst am 2. Feiertag
Daß ich gesagt habe
Daß wir doch vor 2 Jahren alle in einem Kellerlokal waren
Und an dem runden Tisch gesessen haben
Da sagte meine Frau
Sie wäre noch nie in einem Lokal gewesen geschweige denn in einem Kellerlokal mit einem runden Tisch
Aber ja
Wir haben doch immer
Das war doch schon Familientradition quasi zum Abschied
Haben wir alle immer an dem runden Tisch gesessen
In dem schönen Kellergewölbe vom Rheinischen Hof
Da haben wir uns doch immer getroffen
Omma und Oppa kamen immer etwas später
Weil früher kein Zug ging
Frag doch Luise
Was soll ich Luise fragen sagt meine Frau

Ich kenne kein schönes Kellergewölbe im
Rheinischen Hof
Wo wir alle immer an einem Tisch gesessen haben
sollen
Und dann noch aus alter Familientradition
Aber ja doch
Aber nein
Ich sage ich bin schon außer der Reihe mit dir alleine
dagewesen
Mit mir sagt meine Frau
Ja mit dir
Unmöglich
Wir haben allerdings weil wir ja nur zu zweit waren
Nicht an dem großen runden Tisch gesessen
Sondern an einem kleinen viereckigen Tisch
In einer Ecke ganz für uns alleine
und haben Osso buco gegessen
Also die Dame möcht ich ja gern mal kennen lernen
Sagt meine Frau
Mit der du im Kellergewölbe vom Rheinischen Hof
An einem kleinen viereckigen Tisch ganz für euch
In einer Ecke gesessen und und Osso buco
gegessen hast
Die Dame warst du sage ich
Ausgeschlossen ich kenne gar kein Kellergewölbe
Das ist doch Unsinn sage ich
Dann ist es eben Unsinn sagt meine Frau
Frag doch Helmut sage ich
Ach hat der auch mit dieser Dame im Kellergewölbe
Des Rheinischen Hofes ganz in einer Ecke an einem
kleinen

Viereckigen Tisch gesessen
Nein sagt Helmut das beileibe
Nicht
Was heißt denn jetzt »beileibe« sagt meine Frau
Jedenfalls sagt Helmut
Haben wir alle schon oft aus alter Familientradition
zum Abschied
An dem runden Tisch im Kellergewölbe des
Rheinischen Hofes
Gesessen
Ich nicht sagt meine Frau
Du auch sagt jetzt Luise
Meine Frau hat mir heut morgen noch beim
Frühstück gesagt
Daß sie nie im Kellergewölbe des Rheinischen Hofes
An einem runden Tisch
Geschweige denn in einem Eckchen an einem
kleinen viereckigen Tisch
Gesessen hätte
Nie
Und daß sie es sich noch sehr überlegen müsse
Ob sie im nächsten Jahr an Ostern
Mit zu Helmut und Luise führe.

Ich komme nun zu einer interessanten Neuheit, von der Sie vielleicht schon gehört haben, und zwar von einer neuen Geschäftskette, die da heißt: »Eleganz und Gebrechlichkeit«. Die Geschäfte dieser Kette gibt's jetzt schon in mehreren deutschen Städten. Ich bin neulich mal in eins der Geschäfte hineingegangen, um mich über den philosophischen Charakter dieser neuen Kette »Eleganz und Gebrechlichkeit« zu informieren. Ein sehr freundlicher Verkäufer empfing mich und sagte sogleich: »Guten Tag, mein Herr. ›Eleganz und Gebrechlichkeit‹ lautet unser Programm. Wir hier zum Beispiel sind ein Spezialgeschäft für Kopfbedeckungen und Kopfinventar. Im 1. Stock befindet sich unsere Abteilung Biochemie und Verklärung. Darf ich Sie fragen: Möchten Sie lieber einen Zylinder und ein Toupet, oder möchten Sie eine Zahnprothese und eine Melone?« »Nein«, sagte ich, »ich möchte lieber eine Melone und ein Toupet.« »Also keine Zahnprothese und keinen Zylinder?« »Doch schon«, sagte ich, »an Wochentagen bitte eine Melone und eine Prothese, aber an Sonn- und Feiertagen einen Zylinder und ein Toupet.« »Die meisten, mein Herr«, sagte der Verkäufer, »nehmen allerdings bei einem Toupet eine Melone, weil man eine Melone oft in der Hand hält, so daß das Toupet öfter an die frische Luft kommt. Vielleicht keine unwesentliche Ideologie, mein Verehrter. An Wochentagen also eine Melone und ein Toupet?« »Da brauche ich Bedenkzeit«, sagte ich. Einen Zylinder und eine Zahnprothese an Sonntagen, das wäre für mich kein Problem. Und wenn ich doch eine Melone und eine Prothese nehme, weil ich die Melone meist aufbehalte, so daß die Prothese darunter keinen Schaden leidet? »Warum nicht«, sagte der Verkäufer, »alles bleibt Ihnen unbenommen, die Zahnprothese und die Melone sind ohne Zweifel ein schönes Paar. Sie können natürlich auch den Zylinder in der Hand halten, wenn es Ihnen recht ist, und wenn es nicht zu stürmisch ist wegen des Toupets.« »Und wenn ich die Prothese in der Hand halte«, sagte ich, »und den Zylinder aufbehalte, das wäre doch eine Möglichkeit oder?« »Natürlich«, sagte der Verkäufer, »den Kombinationen sind keine Grenzen gesetzt. Sehr schön macht sich übrigens auch Prothese und Toupet in den Händen zu halten und den Zylinder auf die Melone zu setzen.« »Wird das schon gemacht?« »Das wird sehr oft gemacht und erfreut sich selbst an Trauertagen großer Beliebtheit, weil man damit unsere Endlichkeit einleuchtend und weithin demonstrieren kann.« »Verstehe«, sagte ich, »und die Prothesen haben Sie in allen Größen?« »Selbstverständlich mein Herr, voll oder nur oben oder nur unten. Alles ist für jeden reichlich vorhanden.« »Und Toupets in allen Farben?« »In allen Farben natürlich.« »Ja, dann würde ich sagen, ich nehme ein grünes Toupet, einen gelben Zylinder, eine rote Melone, und eine blaue Vollprothese. Können Sie mir das als Geschenk einpacken?« »Aber natürlich!« »Und könnten Sie vorher auch ein Foto von mir machen?« »Aber natürlich!« »Umtausch ist ja wohl möglich?« »Alles ist möglich, mein Verehrter. Wir haben auch alles Secondhand und auch ganz alte Stücke aus Privatbesitz.« »Schön, das wäre vielleicht was für Weihnachten. Ich danke Ihnen.« »Ich danke Ihnen. Und nicht vergessen: ›Eleganz und Gebrechlichkeit‹. Einen herrlichen Tag noch. Warum nicht das Schöne mit dem Vergänglichen verbinden«, sagte der Verkäufer. Aber da war ich schon draußen. Doch das nur nebenbei.

Man lernt nie aus, sage ich immer. Ich habe mir schon so oft gesagt: In die Kurse von der Volkshochschule gehste auch mal hin, kann ja nichts schaden! Nur: Man muß da immer so viel mitbringen. Also sagen wir mal so: Wenn ich montags ab 19:15 Uhr selbstbewußt werden will, soll ich bitte eine Decke mitbringen. Ich weiß auch nicht warum, aber es ist so. Beim positiven Denken brauche ich keine Decke mitzubringen, weil da das Denken entscheidend wäre und nicht die Decke. Wahrscheinlich! Also ich vermute das! Und beim Selbsterfahrungswochenende – »Werde, der du bist!« – brauchst du auch keine Decke mitzubringen, weil das der Erleuchtung egal ist, wie du sie erlangst. Hauptsache: Du leuchtest! Ich werde da mal fragen gehen, ob man bei »Wie werde ich selbstbewußt?« tatsächlich eine Decke mitbringen muß; denn sehen Sie mal, wenn ich jetzt keine mitbringen würde, wäre ich doch schon ziemlich selbstbewußt, aber so will man ja auch wieder nicht sein. »Freies Sprechen in Lappland«, an zwei Wochenenden! Da brauchst du auch keine Decke mitzubringen, und wer sich »Freischreiben« will, auch nicht, aber beim »Zeichnen und malen am Abend« muß man wieder Bleistifte, Tusche, Feder und Zeichenpapier mitbringen, Gott sei Dank keine Decke! Beim »Malen am Vormittag« auch nicht! Wer aber wissen will, was bei uns überhaupt noch wächst, der muß ein Wanderbestimmungsbuch mitbringen und festes Schuhwerk, denn die Wanderung findet bei jeder Witterung statt. Das finde ich auch ganz richtig, wir sind ja nicht aus Zucker; und wenn es die ganze Zeit regnen würde, käme man ja kein Stück weiter. »Kochen und sprechen Sie doch mal französisch.« Da muß man Geschirrtücher mitbringen, keine Decke! In fröhlicher

Runde entsteht da pro Abend eine Lebensmittelumlage. Bitte, bequeme, warme Kleidung und Matten mitbringen für »Alles Leben ist Bewegung« oder »Einen Tag zu zweit mal anders genießen«. Bitte Decke, bequeme Kleidung und eine Kleinigkeit zum Essen und Trinken mitbringen! Jedes Semester hat einen anderen Schwerpunkt: Wolldecke mitbringen, Kleidung möglichst Naturfaser, auf dem Boden auslegen, wir erarbeiten uns auf den Knien eine Achtsamkeitsübung. Wolldecke oder Matte mitbringen! Und für das gemeinsame Abend- und Mittagessen bitte etwas für ein Buffet, festes Kissen, Handtücher und Wollsocken mitbringen! Und für drei gemeinsame Mahlzeiten bringen wir alle Tee und eine vegetarische Kleinigkeit mit. Und Wachsmalstifte, wenn du mit dir selbst in Kontakt kommen willst. Also: Es wird viel getan! Donnerwetter! Ich muß mal gucken, ob ich noch eine alte Wolldecke auf dem Speicher habe, denn ich muß selbst hingehen, es heißt nämlich: Bringe dich selbst ein, schicke keinen anderen!

Ich bin übrigens ein Kartoffel-Freak! Ganz schlimm! Ein Leben ohne Kartoffeln kann ich mir nicht vorstellen. Nun sagen Sie nicht gleich, daß ich übertreibe! Ich bin ohne Kartoffel wirklich verloren! Ich bin ohne Kartoffel nichts wert! Was soll ich denn mit der Sauce anfangen? Da muß doch noch eine Kartoffel rein! Und noch eine Kartoffel, und noch eine! Und dann schön geknatscht! Da brauche ich gar kein Gemüse! Gut! Man kann die Sauce, die übrig ist, natürlich auch mit Brot aufessen – also mit Brot den Teller blitzblank machen! Aber da guckt meine Frau mich meistens so an, als wollte sie sagen: »Ein feiner Mann macht so etwas nicht, tut so etwas nicht!« Also zurück zur Kartoffel!

Sehen Sie mal, alleine schon die Pellkartoffel, das ist doch eine göttliche Erfindung: mit ein bißchen Butter dran oder einfach mit Salz bestreut! Und selbst gepellt! Das ist doch unbezahlbar! Oder auch noch mit Quark oder Hering dazu! Wobei das Pellen ja die Vorfreude ist! Genau wie bei Reibekuchen! Die Kartoffeln reibe ich natürlich selber. Ja sicher! Schon von klein auf! Die mehlige Kartoffel ist auch etwas Exklusives! Viele sagen ja: »Ist mir zu mehlig, die Kartoffel!« Bei mir kann sie manchmal nicht mehlig genug sein. Das ist eine Charakterkartoffel! Denn sie läßt sich auf Kartoffelsalat oder Bratkartoffeln nicht ein! Kartoffelsalat! Den macht ja jeder anders! Das geht ja bis zur Walnuß – oder so – mit Schinkenstreifen oder mit Speck und warm! Sagen Sie mal: Haben Sie Kartoffelsalat am nächsten Tag auch schon mal ein bißchen gebraten – angebraten? Müssen Sie mal machen! Ist lecker, sage ich Ihnen! Die meisten Leute gucken mich dann zwar immer ganz erstaunt bis ungläubig an! Kartoffelsalat braten? Wo gibt es denn so etwas? Habe ich noch nie gehört, geschweige denn gemacht! Und manche lehnen das regelrecht ab! Schmeckt aber phantastisch! Und Bratkartoffeln nach Großmutters Art, so mit Speckkrütsches, kroß ausgelassen! Wie ich ja immer sage: »Das ist was für meine Galle, aber lecker!« So Kartoffel-Kretin – oder wie das heißt – mache ich weniger! Aber die Krone der Schöpfung ist doch die sogenannte »Neue Kartoffel«! Da können Sie sagen, was Sie wollen! Wenn sie noch klein sind und nicht geschält – ich bin ein gelernter Kartoffelschäler – und nicht geschält werden müssen, sondern noch geschrappt werden können – Hallelujah!!!

Eigentlich kann es mir egal sein. Aber die Hände bleiben in den Taschen! Weil wir Männer sonst nicht wissen, wohin mit denen! Und zwar nicht aus Verlegenheit, sondern mehr wegen der Lässigkeit! Also doch aus Verlegenheit! Ich weiß es nicht genau. Ich habe jedenfalls beobachtet, daß die meisten schlanken, ranken, hochgewachsenen Männer die Hände in den Hosentaschen haben und halten, und zwar stundenlang! Die kommen in ein Lokal herein – meist zu zweit –, also vier Hände in vier Hosentaschen, gehen ganz lässig durch das ganze Lokal, drehen sich um, gucken sich um, und gehen dann in den nächsten Raum. Hände noch immer in den Hosentaschen! Schaukeln ein bißchen beim Gehen! Sehen für einen Moment fast wie amerikanische FBI-Beamte in Zivil aus! Sind sie aber nicht! Denn die FBI-Beamten haben immer einen Hut in der Hand, mit dessen Rand sie meist spielen! Diese Männer sind auch meistens kleiner – so wie ich –, etwa 1,70! Tragen weiße Hemden mit ganz weichem Kragen! Toll! Können mit einer Hand einen Schlips binden, sind sich ihres Auftrages sicher und treten dementsprechend selbstbewußt auf. Die brauchen die Hände gar nicht in die Hosentaschen zu tun. Nein, nein! Im Gegensatz zu unseren smarten, lässigen »Gernegroß-Unternehmern«, die immer so tun, als wüßten sie, was die Welt kostet! Und auch jetzt, als sie zurückkommen, immer noch die Hände in den Hosentaschen haben! Sonst ist die ganze Souveränität im Eimer! Ich weiß nicht, ob man so etwas üben muß! Ich zum Beispiel, ich komme gar nicht dazu, die Hände in die Hosentasche zu stecken, weil ich ja mit Händen und Füßen von den Leuten erzählen muß, die immer die Hände in den Hosentaschen haben und drin behalten! Und wenn ich schon mal die Hände in die Jackentasche stecke, dann schreit meine Frau gleich auf: »Du verbeulst ja die ganze Tasche! Nimmst du wohl die Hand aus der Jackentasche!« Aber zurück zu den Händen in der Hosentasche! Da hat sich vor kurzem ein Bürger aus den neuen Bundesländern beschwert und staatliche Sanktionen gefordert! Weil er darin eine flegelhafte Verrohung der Sitten sieht und voraussieht! Der Mann ist nicht durchgekommen! Ich meine, so geht es ja auch nicht! Ich sage immer: Wenn einer es braucht, dann ist die Sache für mich o.k. Warum nicht? Wenn der Mensch es braucht und keinem anderen damit weh tut – höchstens sich selbst –, ist für mich der Fall erledigt! Beispielsweise die beiden 1-Meter-90-Vertreter, die zur feinen Hose sogar weiße Socken tragen, die immer noch die Hände in den Hosentaschen haben, jetzt aus dem Lokal gehen, sich noch mal umdrehen, umgucken und dann mit dem Fuß die Drehtür anschieben – wohlgemerkt nicht mit der Hand –, als müßten sie eine Prüfung machen, als müßten sie ständig ihren Liebsten zeigen: »Schaut her, was wir doch für lockere Jungs sind!« Und sind doch so scheu und so klein und so unsicher! Als wären sie gerade erst auf die Welt gekommen!

Haben Sie auch Abitur gemacht
Ich meine wenn die Frage zu intim ist
Zieh ich sie sofort zurück
Ich will da keinen
In Verlegenheit bringen
Und ich persönlich meine
Also für mich ist das ja gar nicht so ausschlaggebend
Ob einer Abitur hat oder nicht
Mein Vater der hat zum Beispiel kein Abitur gemacht
Und ist doch noch zuletzt Verwaltungsdirektor
geworden
Weil der hat immer schön zugehört und zugeguckt
Und dann haben die am Schluß gesagt
Na Hein dann kannze das bißchen ja auch noch
mitmachen
Ja und dann hat er das gemacht
Und Latein hat er von mir gelernt
Als ich dann auf die sogenannte Höhere Schule kam
Seinerzeit
Also man braucht es nicht unbedingt das Abitur
Obwohl es ja andererseits auch schön ist
Wenn man es hat
Man sagt doch immer
Wer Abitur hat hat ausgesorgt
Sagen doch auch alle Verwandten immer
Mach mal schön dein Abitur
Das kannst du später immer gebrauchen
Da wird schon drauf geguckt
Also nicht nur daß die Fingernägel sauber sind
Sondern auch ob einer die Reife hat
Und die soll man dann ja haben

Wenn man die Prüfung abgelegt hat
Ja dann kann man schon mitreden
Ich weiß es nicht so genau
Aber jetzt um diese Zeit ist das doch alles in vollem Gange
Überall
Und die Kinder schwitzen alle schon
Einige haben es glaub ich schon hinter sich
Andere noch vor sich
Item
Wie der gepflegte Lateiner sagt
Die armen Blagen sag ich dann immer
Und wenn es dann so weit ist
Dann sitzt die ganze Menschheit
Um den jungen Menschen herum und redet und faselt
Und spricht und ermahnt
Und erklärt und begründet und sagt dauernd
Daß jetzt der Ernst des Lebens beginne
Und daß jetzt bald ein anderer Wind
Ein ganz anderer Wind wehe
Und ein anderes Vögelchen pfeife
Und daß jetzt kein Auge mehr zugedrückt würde
Und daß man die Beine jetzt nicht mehr so einfach
Unter Vaters Tisch strecken könne
Und dann kommt wieder der Ernst des Lebens dran
Zwar weiß keiner ganz genau was das ist
Aber es wird dauernd davon gequatscht
An allen Küchentischen und in allen
Sogenannten Kinderzimmern
Vielleicht hätte man früher schon mal in der Schule

Ein Fach erfinden müssen
Ein besonderes Fach
Sone Art Lebenskunde
Oder Lebensschule
Montags am Wochenanfang eine Doppelstunde
  Lebenskunde
Mit so Kapiteln wie
Toleranz Anpassungsfähigkeit
Streitbare Kultur Höflichkeit Geduld
Nicht Ruhe ist die erste Bürgerpflicht
Sondern Unruhe
Aber die mit Geduld sag ich immer
Das Abitur ist ja nur ne Ouvertüre
Obwohl man ja immer gleich denkt
Jetzt habe man die ganze Welt schon in der Tasche
Das ist dann der allseits beliebte Pustekuchen
Dennoch soll man ausgiebig feiern
Und fröhlich sein
Sich von jungem Herzen richtig freuen
Denn es kann ja auch sein
Hat glaub ich Ernst Bloch mal gesagt
Daß alles Scheiße ist
Und die Eltern sollen sich ein Tränchen verdrücken
Hamse bei uns auch gemacht
Und den Lehrerinnen und Lehrern
Möchte ich zurufen
Laßt keinen durchfallen
Sonst blutet dem doch das Herz
Hat mein Vater immer gesagt
Macht die Kinder nicht kopfscheu
Humanismus ist ne feine Sache aber der Mensch

Braucht viel Kraft und viel Glück
Und das mit der Reife kommt meistens erst mit den
weißen Haaren
Manchmal kommt sie überhaupt nicht
Und manchmal muß man tapfer sein.

Übrigens, damit ich es nicht vergesse, denn Sie fahren doch sicher mal nach Japan! Aber ganz bestimmt! Kein Fleckchen Erde ist vor deutschen Touristen sicher! Wenn Sie nach Japan fahren, dann müssen Sie sich folgendes merken: Wenn man in Japan an einer Tafel zum Essen sitzt, gilt Naseputzen als Todsünde! Ja, so streng sind dort die Bräuche! Ich dürfte da gar nicht hinfahren. Ich putz mir nämlich bei Tisch sogar die Brille, denn wenn ich nicht genau sehe, was ich esse, schmeckt es mir nur halb so gut oder sogar gar nicht! Ich habe mal in einem Theaterstück mitgespielt und durfte wegen der Rolle keine Brille tragen. Ich hatte große Schwierigkeiten, den Text auswendig zu behalten! Ich durfte mir zwar die Nase putzen, aber der Kopf ohne Brille war weniger bei der Sache als mit Brille. Ich hatte neulich die günstige Gelegenheit, in der Stadt von einem Fenster aus einen großen Kran zu beobachten – ein Riesending. Es sah aus wie ein mobiles konstruktivistisches Kunstwerk. Oben drauf war eine Fahne der Firma, und die Fahne war an den Rändern schon völlig zerfetzt, sah aus wie eine Flagge, die man am Nord- oder Südpol oder auf dem Mount Everest ins Eis pflanzt, um den nächsten zu zeigen: Wir waren schon hier! Die Fahne flatterte hin und her. In der Mitte stand ein großes »P« oder »T«. Das konnte ich selbst mit Brille nicht erkennen! Und da kam ich drauf, daß ein Kranfahrer besonders gute Augen haben muß! Denn der muß ja seinen Kran-Arm ständig ganz präzise fahren und führen, rauf und runter, vor und zurück, von links nach rechts! Er darf sich schon mal dabei die Nase putzen, aber dann muß er wieder Millimeterarbeit leisten! Hut ab! Brille auf! Wahrscheinlich darf er gar keine Brille tragen! Ich glaube auch, Straßenbahn- und

Busfahrer müssen ein einwandfreies Auge haben, weil auf den Schienen allerhand los ist! Und nicht alle Bremsen halten ewig, habe ich neulich gedacht, als ich eine neue lange Straßenbahn sah, und vorne nur ein Fahrer, ein Mensch, der mit seinen Augen alles im Griff haben muß, und sicher auch acht Stunden lang! Donnerwetter!

Was ich immer gesagt habe: Jeder Beruf ist gleich schwer! Das fiel mir ein, als ich das las: daß, wenn man sich in Japan bei Tisch die Nase putzt, das als Todsünde gilt! Dann ist mir noch eingefallen oder vielmehr aufgefallen, weil ich es gelesen habe – das hat aber nix mit dem Naseputzen zu tun –, daß man nicht mehr Gatte oder Gattin sagt oder Gemahl oder Gemahlin, sondern daß es reicht, wenn man Frau und Mann sagt! Sagt der Knigge 98! Obwohl es doch ganz darauf ankommt, wen man vor sich hat. Also wenn es ein hohes Tier ist, das man Gott sei Dank nur flüchtig kennt, sage man: »Gruß an die Gattin oder an die Frau Gemahlin!« Unter Freunden sage ich oft: »Grüß dein Weib!« Ich sage es eigentlich immer so, wie es mir grad gefällt! Gnädige Frau sage ich auch gern! Ehrlich! Aber ich suche es mir aus! Wie das in Japan ist, weiß ich nicht! Wahrscheinlich muß man da, bevor man einen Knix macht und gnädige Frau Gemahlin sagt, sich die Nase putzen!

Ich habe heute morgen vor meinem Schrank gestanden und nicht gewußt, welches Hemd ich anziehen soll, denn man hat ja seine Lieblingshemden! Ich habe sogar Lieblingsstrümpfe und Lieblingstaschentücher! Obwohl das natürlich alles Quatsch ist! Andererseits fühle ich mich in einem Lieblingshemd wohler als in einem Durchschnittshemd – auch farblich! Obwohl ich vorzugsweise uni trage, auch bei den Strümpfen!

Da trage ich nur »black is beautiful«! Aber man soll das alles nicht so ernst nehmen! Das sagte ich mir auch heute morgen wieder, als ich minutenlang vor dem Schrank stand! Jetzt habe ich ein Hemd an, wo man sagt: muß auch getragen werden! Es ist inzwischen ein bißchen lappig geworden, also die ganze Appretur ist fast raus! Ich meine, sonst ist das Hemd nicht übel, aber es gefällt mir nicht mehr so. Ich habe mir gesagt: »Ziehe es mal an, da sparst du dir deine Lieblingshemden noch ein bißchen auf!« Ich meine, das Hemd ist sonst einwandfrei, nicht daß es zu klein wäre oder irgendwo irreparable Löcher hätte; nur es gefällt mir nicht mehr! Wollen mal sagen: Ich muß mich überwinden! Obwohl ich morgens frohgemut bin! Fange sofort mit mir an zu reden, singe unter der Dusche mir alles Mögliche zusammen, sage den größten Blödsinn auf: »Good morning, sir! Wie geht es Ihnen heute?« Wenn ich aber morgens vor dem Schrank stehe und nicht weiß, was ich für ein Hemd anziehen soll! Ich weiß, es gibt Wichtigeres auf der Welt als ein Hemd! Wenn ich zum Beispiel in der Sportschau einen Fußballtrainer höre! Das hört sich immer an wie eine griechische Tragödie! Oder wenn ein Theaterregisseur von seiner Inszenierung erzählt! Oder erst die Politiker! Wenn man denen mal sagen würde: Nehmt es doch nicht so wichtig – ernst schon, aber nicht so wichtig –, da wären die gleich tödlich beleidigt! So geht mir das morgens mit dem Hemd! Andererseits soll man ja auch nicht zuviel verlangen! Wenn man schon selbst nur wegen so einem Hemd ins Schwitzen kommt, kann man das Abendland nicht erneuern! Obwohl, wenn ich ein Lieblingshemd anhabe und Lieblingsstrümpfe und kann mir ab und zu mit einem Lieblingstaschentuch den Schweiß von der Stirn wischen – in dieser Aufmachung könnte ich die Welt besser verändern! Kann aber auch Täuschung sein! Mal gucken!

Wissen Sie, was ich manchmal furchtbar gern mache: Ich gucke mir die Leute an, wie sie so gehen und wie sie angezogen sind! Ob die einem wohl entsprechen? Ich meine, in dem, wie sie sich geben auf der Straße oder im Lokal – also überall, wo man so ist, wo man hingeht und spricht und erzählt! Wie es zur Zeit so geht, zu Hause und in der Familie! Da kriegt man manchmal in ein paar Sekunden ein ganzes Schicksal auf den Tisch geknallt, daß man denkt: Mein Gott, ist der Mann offen! Oder: Ist die Frau ohne Geheimnisse! Es gibt Menschen, die geben wirklich alles preis. Also, wo sie herkommen und wo sie hingegangen sind, so daß ich immer sage, die haben so viel zu verbergen, daß sie alles gar nicht behalten können und es loswerden müssen! Und zwar bei ganz unbekannten Leuten! Die fragen gar nicht nach, sondern erzählen und erzählen, daß man es kaum für möglich hält! Und da ich mir angewöhnt habe, gut zuzuhören, hören die auch gar nicht mehr auf! Und wenn man nicht nach Hause müßte, sage ich immer, säße man noch bis morgen früh da! Und manchmal stellt sich auch noch heraus, daß man mit denen über eine Cousine dritten Grades auch noch verwandt ist! Aber dann hören sie überhaupt nicht mehr auf! Und dann kommt man tatsächlich nicht mehr nach Hause. Und wenn ich einem Menschen gegenübersitze und zuhöre, geht bei mir oft folgende Frage im Kopf rum: Auf wen mag der wohl kommen? Mehr auf seine Mutter oder mehr auf seinen Vater? Und dann erzählt der andere oder die andere wieder weiter, und dann gucke ich mir das Gesicht und die

Augen und die Hände und alles genau an! Ich meine, ich kenne die Eltern ja gar nicht, ich rate nur, weil mich das brennend interessiert! Ob der Junge mehr auf seine Mutter und das Mädchen mehr auf den Vater kommt? Oder ob das Gesicht mehr vom Vater und das Wesen mehr von der Mutter ist oder umgekehrt? Und ob der Vater noch lebt und die Mutter schon tot ist? Das alles interessiert mich wahnsinnig! Und ob der Vater schwach und die Mutter deswegen stark gewesen ist oder sein mußte? Sagt man ja oft: Eine starke Frau war das – sagt man! Meistens frage ich im einzelnen nicht danach, weil man das eigentlich nicht tut. Aber ich möchte es immer furchtbar gern wissen, weil es so spannend ist! Das meiste kriegt man sowieso nicht raus. Aber es hält uns auf Trab!

Haben Sie manchmal auch Auseinandersetzungsprobleme? Und zwar von der Art, daß meine Frau sagt: »Da mußt du dich mal mit auseinandersetzen und nicht immer alles unter den Teppich kehren, damit um Gottes willen der liebe Frieden erhalten bleibt! Sondern manchmal muß man sich auch von Angesicht zu Angesicht laut und deutlich die Wahrheit sagen und nicht nur bei mir, sondern auch bei den anderen!« Sagt meine Frau immer! Ich meine, von Angesicht zu Angesicht, das sagt sie nicht! Das habe ich jetzt mal dazu gemogelt, weil es sich so schön anhört. Aber mit dem schönen Anhören ist es nun wirklich nicht getan! Man muß dann auch wirklich was unternehmen, also richtig handeln! Und da habe ich eben eine ganz andere Art – wollen mal sagen – meine Art, sage ich immer zu meiner Frau. Heißt: Schaköng a song gout! Sagt man ja auf Französisch!

Wir waren mal vor Jahren in einem sogenannten Kosmetikgeschäft, dem ersten am Platze! Wissen Sie, wo die Damen immer so rumlaufen, als kämen sie jeden Morgen mit der S-Bahn gerade aus Hollywood! Als Kräutchen-rühr-mich-nicht-an, als Prinzessin »Etepetete« aus dem ägyptischen Heimatmuseum! Natürlich hochgepflegt bis unter die Kopfhaut, aber gleichzeitig so was von eingebildet, daß unsereiner sofort einen Schrecken kriegt! Sofort! Und da ich nicht so gut aussehe wie so ein Generalmanager von einem Großkonzern, sondern eher wie ein niederrheinischer Bauernjunge, der allerdings aus der Art geschlagen ist, lassen die einen erst einmal minutenlang stehen! Und neben mir und hinter mir heißt es dann immer: »Aber gerne, Frau Dr. ...!« »Selbstverständlich, Frau Dr. ...!« »Grüßen Sie Ihren Gatten, Frau Dr. ...!« »Und auf bald, Frau Dr. ...!« Da bin ich lieber vorher gegangen und habe zu meiner Frau gesagt: »Da gehe ich nie mehr hin! Die kratzt das zwar nicht, aber merken tun sie es doch!« »Unsinn«, hat da meine Frau gesagt, »du hättest mit der Faust auf den Tisch schlagen sollen, daß die Lippenstifte und Nagellackfläschchen nur so durch die Gegend geflogen wären! Hättest mal sehen sollen, wie die gesprungen wären! Also beim nächsten Mal schlägst du ordentlich Krach!« »Beim nächsten Mal gehe ich gar nicht mehr hin! Erst wenn ich ganz berühmt bin, kaufe ich den Laden auf und lasse ihn dann sofort schließen!« »Du bist doch ein Spinner«, hat da meine Frau gesagt! »Statt einmal beim Geschäftsführer anständig ›Putz‹ zu machen, will er nicht mehr hingehen!« Anständigen »Putz« kenne ich gar nicht! Und außerdem ist es meine Art von Ehre, da nicht mehr hinzugehen! Ich verlasse ein Lokal ja auch und gehe nicht mehr hin, wenn der Ober mich geflissentlich zwanzig Minuten übersieht! Wenn du zum Beispiel übersehen wirst, bist du den ganzen Tag unten durch und gehst nicht mehr hin! Wohin? Na, zum Friseur oder zum Supermarkt oder auf die Promenade! Nein, ich gehe da nie mehr hin! Ich bin doch nicht der Hanswurst vom Dienst, der jedesmal dumm rumsteht oder rumsitzt! Bei der Bundesbahn doch genau so! Ich meine, ich will nicht immer auf die Bundesbahn schimpfen – ich fahre auch ganz gerne mit ihr –, aber jetzt ist es an den meisten Schaltern so, daß man da nicht nur Fahrkarten kriegt – das dauert sowieso schon länger, als meine Uhr es erlaubt –, nein, jetzt kriegen Sie an dem Schalter auch noch Liegekarten, Reservierungen, Monatskarten, Versicherungen, manchmal sogar noch Auskunft! Früher war das alles schön getrennt! Neulich habe ich in Düsseldorf wegen eines läppischen IC-Zuschlags 35 Minuten angestanden! Da gehe ich nie mehr hin! Oder in den meisten Hotels, wenn man da ins Bad geht und knipst das Licht an, geht sofort die »Lüftungs-Musik«, die »Airfresh-Maschine« los! Das macht mich wahnsinnig! Und das dauert dann Minuten! Manche hängen Gott sei Dank mit dem Lichtschalter zusammen und gehen zusammen mit dem Licht wieder aus! Aber die meisten sind zeitlos! Und damit ich die »Hygiene-Orgeln« nicht mehr hören muß, gehe ich im Dunkeln aufs Klo! Denn hier kann ich ja nun wirklich nicht sagen: »Da gehe ich nie mehr hin!«

Nein, ich muß sagen: im Gegenteil. Das Klo hat nicht umsonst seinen schönen Beinamen »das stille Örtchen«, und auch der Kanzler muß immer mal wieder aufs Klo, auch wenn er noch so schön ist. Er muß aufs Klo, und zwar in aller Offenheit, wie er so schön sagt, da kommt keiner drumrum, auch nicht der Kaiser von China. Wie es im Volksmund so schön heißt, obwohl es denn ja gar nicht mehr gibt, den Kaiser. Den Volksmund schon, aber der muß ja auch nicht aufs Klo, das heißt auch schon mal bei verdorbenem Magen und Darmangelegenheiten, aber das geht dann meist ruckzuck und ist nicht so angenehm. Eigentlich für alle nicht so angenehm, aber sonst hat das Klo schon seine ganz besondere Bedeutung: Weil man da endlich mal allein sein und Ballast abwerfen kann, auch seelisch. Für mich zum Beispiel gibt es nur zwei Plätze auf der Welt, wo ich allein sein kann: die Bühne und das Klo, also einmal mit Zuschauer und einmal ohne, wo ich so richtig für mich sein kann, ohne Zuschauer natürlich noch mehr für mich. Ich gehöre zu den Menschen, die stundenlang auf dem Klo sich aufhalten können, auch nicht immer, ich habe ja Termine, aber manchmal so lange, daß sich meine Lieben zwischenzeitlich schon Sorgen machen und sich erkundigen, ob mir etwas zugestoßen sei. Dabei lese ich nur in aller Ruhe die Zeitung. Ich komme ja sonst nicht dazu. Nee wirklich, die eine große dicke Zeitung, von der ich immer sage, die ist so groß, daß wenn man die im Zug aufschlägt, der Nachbar gleich zum Zahnarzt muß. Die kommt immer donnerstags. Warum weiß kein Mensch. Die kann ich nur auf dem Klo lesen, außerhalb komme ich gar nicht dazu. Ich schlafe sogar manchmal auf dem Klo ein. Nachts! So daß ich mir sagen muß, wenn du jetzt nicht aufstehst, kommst du gar nicht mehr ins Bett. Wenn ich nur zwei Minuten Zeit habe, gehe ich nicht aufs Klo, da habe ich nichts von und man will aus seinem Leben ja was machen. Also, ich sage immer: Leute, die wirklich nur aufs Klo gehen, weil sie müssen, die haben nichts vom Leben, und Lektüre gehört für mich unbedingt dazu! Und dann im Winter die Heizung schön an, da kann mir die ganze Welt gestohlen bleiben. Und wenn dann noch das Klopapier stimmt, ich habe da nämlich auch meine Vorbehalte, ernsthaft! Also, mein Klopapier muß... öh... aber das ist eine völlig andere Geschichte.

Ich habe übrigens eine Schwiegermutter, das heißt ich habe keine, sondern meine Tochter hat eine, und für mich ist sie die Schwiegeroma, weil sie die Omma meines Enkelsohnes Clemens Henry ist, und ich nenne sie Schwomma, also zusammengepfercht aus Schwieger und Omma. Sie sehen, wie einfach Familienverhältnisse auseinanderzuklamüsern sind, man muß nur lange genug davon reden. Aber das wollte ich eigentlich gar nicht sagen, ich wollte sagen, Schwiegermütter, Ommas, Schwiegertanten, Großcousinen, angeheiratete Schwägerinnen und so weiter, sind alles Frauen, die für mich immer eine Suppe auf dem Herd stehen haben, so daß ich nur mit der Kelle zu schwingen brauche, wenn ich als Wandersmann durch die Tür trete. Sie wissen ja vielleicht, daß ich ein Suppendogmatiker bin, auf mich trifft der Volksmund zu, der schon von alters her sagt: An der Kelle saß der Knabe, vielmehr die Kelle hängt an meinem Gürtel, wenn ich komme. Und wenn ich gehe, fragt die Schwomma: »Wann kommst du?« »Weiß ich nicht!« »Wann kommst du wieder?« »Weiß ich auch nicht!« »Ja, wenn ich nicht weiß, wann du kommst, weiß ich nicht, was mit dem Essen ist!« »Ich esse nichts!« »Du mußt was essen!« »Ja, später!« »Wann?« »Ich weiß es nicht!« »Kommst du um 2?« »Kann sein!« »Dann ißt du um halb drei!« »Nein!« »Gut, dann verhungerst du!« »Ich werde sowieso zu dick!« »Nur eine Suppe, du mußt etwas essen!« »Ich muß gar nichts, mach ein Brot!« »Zwei Brote!« »Ein Brot!« »Aber wann?« »Vielleicht komme ich gar nicht!« »Wann kommst du morgen?« »Gegen 3 oder 4!« »Was heißt gegen? Entweder, oder!« »Entweder oder heißt was anderes!« »Entweder oder heißt gar nichts!« »Also gut, ich komme kurz nach 3!« »Also gut, dann habe ich die Suppe!« »Aber ob ich dann esse, weiß ich noch nicht!« »Morgen auch nicht? Wie soll das gehen?« »Mach ein Brot!« Kurz nach 3?« »Kurz nach 3!« »Also gut, morgen kurz nach 3!« »Heute weißt du es nicht?« »Nein, heute weiß ich nicht!« »Wann kommst du?« »Ich weiß es nicht!« »So kann man eine Schwomma auf die Dauer natürlich zur Raserei bringen, obwohl man das gar nicht will, denn sie meint es ja gut mit mir. Das ist ja das Schlimme!

Was wollen wir heute machen
Dumme Frage werden Sie sagen
Das hätten Sie sich vorher überlegen sollen
Die Welt wimmelt doch von Fragen
Wollen wir wieder jemandem die Wirklichkeit
Wie einen nassen Lappen um die Ohren hauen
Oder wollen wir jemandem die Wahrheit wie einen
Warmen Mantel um die Schultern legen
Wie es Max Frisch empfohlen hat
Wie wollen wir vorgehen
Direkt oder indirekt
Sie müssen entscheiden
Sie müssen sagen was wir machen wollen
Aber mir macht das Spaß
Sehn Sie hab ich neulich zu einem jungen
Journalisten gesagt
Ich bin manchmal wie ein Kind
Und dann wieder ganz alt
Denn ich kenn ja alle Kirchen und Weltanschauungen
Und ich weiß auch daß sie alle nicht stimmen
Und in diesem Sinne sag ich immer
Grüßen Sie mir Europa aber lassen Sie mich in Ruh
Ich weiß
Diese Haltung hält man nur schwer durch
Denn man wird ja schon bald wieder in die
sogenannte
Wahrheit verstrickt
Und dann fragt mich alle Welt
Was meinst denn du dazu
Ich hab neulich zu jemandem gesagt
Ich glaube es war ein Pfarrer

Stellt die Meinungen ein damit die Liebe gedeiht
Herr Pastor hab ich gesagt
Der liebe Gott muß meinungslos sein
Die Luft muß glasklar sein
Und die Milliarden Meinungen das sind alles Witze
Und in diesem Sinne hab ich zu dem jungen
Journalisten gesagt
Kann man überhaupt nur durch die heutige Zeit
hindurchkommen
Zwischen Witz und Lüge sich hindurchtrinken und
hindurchessen
Essen und Trinken
Hält nicht nur Leib und Seele zusammen
Sondern auch Himmel und Erde
Hab ich ganz laut gesagt
Himmel und Erde
Ganz laut!

Manchmal meine ich, es könnte alles im Leben ein bißchen einfacher sein und weniger kostspielig. Ich meine nicht direkt kostspielig, sondern mehr seelisch-leichter. Ich habe mir so eine, wie soll ich es sagen, so eine Art Haltung zugelegt. Was heißt hier zugelegt, an der habe ich jahrelang gearbeitet, habe das wohl auch ein bißchen geerbt, zum Beispiel von meinem Großvater mütterlicherseits. Der war wie gesagt Wirt und ich wäre zum Beispiel gerne Diplomat geworden. Wie komme ich jetzt darauf? Ach so, ja richtig, weil mein Großvater als Wirt immer diplomatisch hinter der Theke stand und jedem sein Bier verkaufte und eigentlich alles und jedes hochinteressant fand, aber doch schon fast aus der Welt war. Ich weiß nicht, ob ich das jetzt richtig erklärt habe. Mein Großvater jedenfalls hatte für jeden seinen Respekt, machte seine Verbeugungen, reichte jedem sein Bier, ungeachtet der verschiedenen Weltanschauungen und Meinungsbilder und Philosophien und Ansichten und Religionen und Parteien und Gewerkschaften und oben und unten und links und rechts. Mein Großvater, wie gesagt, fand alles sehr sehr interessant, hatte für jedes Lager einen Spruch auf Lager: »Gruß an die Frau Gemahlin« und »Danke für Ihren Besuch!« Das heißt für mich, in allen Lagern zu Hause sein und doch bei sich bleiben. Ich sage das jetzt mal so quasi als dritte Person. Für viele ist das sicher völlig ungewohnt, aber mir macht das Spaß. Diese Haltung hält man natürlich nur schwer durch, denn man wird immer wieder in eine sogenannte Wahrheit verstrickt, und alle Welt fragt mich: »Was meinst du denn dazu?« Das ist dann schwierig, weil – sehen Sie mal, ich habe diese Haltung von meinem Großvater auch nur, um mir mein Leben zu erleichtern, nicht um mich rauszuhalten, sondern um mich dreinzufinden. Das heißt, immer mitten drin sein, sich hineinfügen. Mittendrin sein! Nun kenne ich viele, die sagen: »Macht der es sich aber einfach!« Ist gar nicht wahr! Im Gegenteil, das ist viel schwieriger, aber es macht Spaß, und ich will jetzt Spaß am Leben haben. Und wenn es eben geht, keine Meinung mehr! Ich habe neulich zu jemandem gesagt – ich glaube es war ein Pfarrer: »Stellt die Meinungen ein, sonst gedeiht die Liebe nicht! Herr Pastor, der liebe Gott muß meinungslos sein, die Luft muß glasklar sein, und die Milliarden Meinungen, die es gibt, das sind alles Witze, und in dem Sinne«, habe ich gesagt, »reiche ich Ihnen mein Bier über die Theke.«

Wenn meine Frau ihren Mann im Fernsehen sieht, ihren Mann, also mich, dann sieht sie mich ganz anders, als ich mich sehe. Meine Frau ist dann, wie soll ich mal sagen, gar keine Fernsehguckerin mehr, sondern mehr meine Frau, die ihren Mann sieht und nicht, was im Fernsehen los ist, also was ich – ihr Mann – da spreche, sondern sie guckt dann nur. Neulich sagte sie: »Holt der Mann im Fernsehen eine Tasse aus dem Schrank und läßt wie immer die Schranktür offen und bückt sich dann auch noch. Also, ich habe gedacht«, hat meine Frau gesagt, »gleich stößt er sich den Kopf und das im Fernsehen.« Meine Frau hat überhaupt nicht darauf geachtet, was ich sage und spiele, sondern nur, daß ich den Schrank offengelassen habe, weil ich die Tasse rausholen mußte, und der Deckel von der Kaffeekanne mir – im Fernsehen – auch noch runtergefallen ist, und da mußte ich mich natürlich bücken, und dann denkt meine Frau zu Hause, jetzt stößt er sich gleich den Kopf. Warum läßt er nur die Schranktür wieder auf? Typisch, aber das müßte die Kamera ja nicht unbedingt zeigen, daß ihr Mann, also ich, sich bückt und sich dann vielleicht den Kopf stößt, denkt meine Frau, wenn sie mich im Fernsehen sieht, weil ich mir nämlich im tatsächlichen Leben immer irgend etwas stoße. Mal den Kopf, mal das Knie, meistens den Kopf! Bei Juweliergeschäften, die mit den doppelten Fenstern, renne ich meistens in die erste Scheibe voll hinein, also nicht im Fernsehen, sondern im Leben, und deshalb sagt meine Frau zu Hause immer: »Ach, du lieber Himmel, jetzt stößt er sich gleich den Kopf!« Sie hat Angst, denn sie kennt mich ja, wenn ich in ein Juweliergeschäft hineinrase. Und neulich hat sie noch gesagt, daß im Fernsehen mein Bart zu lang gewesen wäre. Das wäre ihr aufgefallen. Das sieht sie alles sofort! Aber mit dem Bart kann ja nichts Schlimmes passieren, es sieht nur nicht so nett aus, und sie will natürlich, daß ich, wenn ich im Fernsehen komme, nett aussehe. Ich meine, wenn ich mir im Fernsehen wirklich an der offenen Schranktür den Kopf gestoßen hätte, dann würde meine Frau mich gar nicht mehr in solchen Filmen mitspielen lassen, weil sie sich dann ständig Sorgen machen müßte, und das ist ja auch wieder viel wert! Manchmal noch viel mehr wert, als die ganze Kunst im Fernsehen.

Ich muß mittlerweile zugeben, daß ich mit meiner Studie »Der kurze Aufenthalt in einer langen Welt oder Die herkömmlichen vielfältigen Konflikte bei den hinfälligen einfältigen Säugetieren« nicht gut vorangekommen bin. Es kam zuviel dazwischen. Selbst kleinste Verwirrungen warfen mich aus dem Rennen. Da ging ich zu guter Letzt in eine Klinik und schrieb folgende Gedanken nieder.

Ich bin immer froh, wenn ich noch etwas dazu lerne! Wenn ich auch nicht mehr der Jüngste bin! Und außerdem – aber nicht weitersagen – weiß ich auch gar nicht viel! Immer noch nicht! Nun sagen Sie nicht gleich: »Ach, hören Sie doch auf!« Oder »fishing for ...« – wie heißen die Dinger? Sehen Sie, da fängt es doch schon an! Kennen Sie den Unterschied zwischen einer Schnabeltasse und einem Schnabelbecher? Das klingt schon ziemlich nach Krankenhaus! Aber das lassen wir jetzt mal! Es gibt furchtbar viele Worte, die ich – ehrlich – im Lexikon nachgucken muß! Wie zum Beispiel dieses »Eloquent«! Das weiß ich jetzt! Ich selbst bin sehr »eloquent«! Habe ich nicht gewußt! Aber meine Frau sagt oft: »Sei doch nicht so ›rabulistisch‹!« Obwohl sie genau weiß, daß ich nicht weiß, was das ist! Das finde ich schon ziemlich unfair. Und manchmal habe ich das Gefühl, sie weiß es auch nicht! Aber ich habe es bis jetzt noch nicht im Lexikon nachgeguckt, weil ich es gar nicht wissen will und auch weil es so schön klingt: »rabulistisch«! Nein, einige Dinge weiß ich schon, aber nur, weil sie so schön klingen! Ich bin ein »Sokrates-Schüler« – ohne Giftbecher! Auf den Becher – auf den Schnabelbecher – kommen wir später noch einmal zu sprechen! Aber Sokrates ist eindeutig mein Philosoph: Ich weiß, daß ich nichts weiß! Könnte fast von mir sein! Aber dann wäre ich ja schon lange tot! Heute will man, glaube ich, mit aller Gewalt alles wissen! Ich nicht! Ich weiß beispielsweise nicht, was »medioker« heißt! Ist das ein Wort aus der Medienwelt oder ein besonderes Gericht, das man im Harz, wo die »Oker« fließt, gerne ißt? »Medioker«? Ich lasse so etwas offen! Sollen doch andere genau wissen, was das heißt, und sich damit die Köpfe heißreden! Obzwar ich eingangs gesagt habe, daß ich immer froh bin, wenn ich etwas dazu lerne! Wenn jemand sagt: Mache es doch so, ist doch viel einfacher! Ja, wenn du das so machst, aber bis ich das mal so richtig kapiert habe – so Systeme! Da brauche ich Zeit, viel Zeit! Und in der Zeit guck ich lieber im Lexikon nach, was »rigide« heißt! Denn ich bin so einer! Was ich mal im 20. Jahrhundert gemacht habe, das mache ich auch im 21. Jahrhundert und so weiter! Übrigens! Der Unterschied zwischen einer Schnabeltasse und einem Schnabelbecher ist: Die Tasse hat einen »Henkel«, der Becher keinen! Das habe ich in der Klinik dazugelernt!